義妹生活
8
三河ごーすと
illust Hiten

「やっほー。ふたりとも、
先輩ロスで寂しがってなかったかな？」

朝

未来予想図

進路の話

皆は就職のことって何か考えてる？

俺はとりあえずプロ野球選手

あれ？　それは現実的じゃないって、前に言ってなかったっけ

まだ最後の夏を控えてるからな。
そこで覚醒して滅茶苦茶活躍したらワンチャン

意外。丸君、そういう希望的観測とかしないタイプかと思ってた

期待値はそれほど高く見積もってないさ。最初は限界まで
高いところに目標を設定しておいて、徐々に落としていくんだよ。
そうすりゃギリギリまで高い場所で留まれるだろ

なるほどね

さすが丸君。小賢しい男

なんだと？ ならお前はどうなんだ、奈良坂

私はもうマッドサイエンティスト一本！

えー……それって職業？

フランケンシュタインでも作るのかな

巨大ロボットかもしれんぞ

認可が下りるのにすごい時間かかりそう

世のカップルを強制的にくっつける、ムフフ薬を作りたい！

欲望がだだ漏れすぎる。
今のうちに公安にマークさせた方がいいんじゃないか？

こら男ども！ 夢がないこと言うなーっ！

真綾が本当に科学者になったら、とんでもない世界になるかもね……

義妹生活 8

三河ごーすと

MF文庫J

Days with my Step Sister

Contents

8

{口絵・本文イラスト} Hiten

成長の階段は螺旋《らせん》階段。何周も同じ景色を眺め廻《まわ》り、気づけば高い場所にいるものです。

●プロローグ　浅村悠太《あさむらゆうた》

すっかり葉ばかりとなった桜の並木道。

通学路となっている細い通りを抜け、ゆるく曲がる坂を上れば、せりあがる道の向こうに水星《すいせい》高校の校舎が見えてくる。

腕に巻いた時計に視線を落として俺は時刻を確認した。

体育館で行われる始業式までまだだいぶ余裕がある。それでも昇降口へと急いだ。今日からクラスが変わるわけで、始業式に出ようにも、そもそも自分が何組になったのかをまずは確認する必要があった。

下駄箱《げたばこ》からすこし先に人だかりができている。

新しいクラスの名簿があそこに貼りだされているのだ。

壁に貼られた大きな紙にクラス順に名前が並べてある。

学校では、というか学校でもというべきか、親しい友人などほとんどいない俺にとっても、さすがに少しばかり緊張する瞬間だった。

2年までは丸《まる》が同じクラスだったから教室内でも気楽だったのだけど。

寂しさのようなものは気にならないほうではある。けれど学生生活というものは何かと共同作業が求められることも多くて、つるむ相手がいると生きやすいという側面は確かにあったりする。

それならもっとこまめに周りに声を掛けて普段から同級生と親しくしておけ、などというもっともなご意見もあろうが。人間関係に割くコストを煩わしいと思ってしまう自分もいるわけで。

まあでも受験シーズンに友達が少ないのはむしろ好都合かとも思う。と同時に、こんなことを考えているから、丸から「おまえは孤独耐性が高すぎる」などと揶揄《やゆ》混じりに言われたりするのかもしれないなとも思った。

やや人が減ったタイミングで俺は掲示されている名簿の前に立った。

自分の名前を端からゆっくりと探していく。名前はあいうえお順に並べられているから、こういうとき「浅村」という苗字《みようじ》は便利でいい。一覧表の上だけ追っていけばすぐに見つかる。１組……ない。２組にも、ない。３組もない。

視線をさらに右へとすべらせ――。

ん？

視界の端のほうに金色の光が躍った。

思わず横へと顔を向けると、俺の右隣に、やや伸びた明るい色の髪の女子生徒が立っていた。ちょっと眉を寄せて熱心に壁に貼られた名簿を見つめている。

綾瀬沙季《あやせさき》。

水星《すいせい》高校3年女子にして――。

俺の義妹《ぎまい》。

双方の親同士が結婚し、俺と綾瀬さんは昨年の6月に義兄妹《ぎきょうだい》になったのだ。

俺は彼女の横顔をしばし見つめてしまう。

短く切っていた綾瀬さんの髪は、俺たちが出会った頃とそろそろ同じ長さまで伸びてきていた。あの頃と同じような髪型、同じ横顔――でも、今の彼女から受ける印象は当時とはだいぶ変わってしまっていた。

変わったといっても、派手な色の髪、校則に違反しないていどのさりげない自然な化粧、そういった彼女の表側を飾る部分のことではない。表情のほうだ。目つきが悪いからと写真に撮られることを嫌がっていた綾瀬さんだけれど、それは生来の顔立ちのせいではなく、周囲に対して常に緊張していて、それが表情に出ていたからではないだろうか。

そんなふうに考えられる程度には印象が変わっている。

そう、出会った頃の彼女からは常に周囲を警戒し、自分を害するものに噛《か》みつき返そうとしている野生の獣のような気配――とまでいうと彼女からは怒られそうだが――を感じていたのだ。今なら綾瀬さんが自分の化粧や服装を「武装」と表現するのもわかる。

その警戒心は、母親と別れた実父に対する不信感に由来するものだったように思う。

俺も同じように父と別れた実母に対して失望感のような感情を抱いていたからなんとなくそれがわかった。

あるいは——こちらのほうが大きいかもしれないが、同居を続けていてゆっくりとお互いに理解しあっていったから、かな。

「浅村《あさむら》くん」

不意に彼女が俺のほうを向いた。声をかけてきた。

「あ、綾瀬さん」

「ん？　ごめん。驚かせた？」

「いや、そんなことはないけど」

ただ、彼女とは学校ではあからさまに親しげな会話をしないようにしていたから驚いたというのは本当。あと、ちょっとだけ見惚《みと》れていたのが気まずくもあった。いや、それはどうでもいいけれど。

「今年は同じクラスだね。よろしく」

「え？　……え？」

俺は名簿のほうへと振り返る。

3組までは確認したっけ。となると……4組のクラス名簿かな。

いちばん最初に浅村悠太《あさむらゆうた》の名前があった。そして、そのすぐ近くに綾瀬沙季《あやせさき》。

「あ、ほんとだ」

「ほんとだ、とか。えっ、まさかいやだったの?」

すこし不満の滲《にじ》む声音で言われ、俺はあわてて弁解する。

「いやいや、そんなことはないよ。ただ、こういうのって、同じクラスにしないものだと思ってたから」

そんな規則があるかどうかわからないが、学校側は俺と綾瀬さんが家族だと知っている。てっきりクラスは分けるものだと勝手に思い込んでいた。

「そんな決まりはないんじゃない?」

改めて言われると、そんな気もしてくる。

記憶を探ってみれば中学の頃は双子の兄弟やいとこ同士で同じクラスというのもあった。学力や生徒の性格などのバランスを加味して配置するのだって手間がかかりそうなのに、それ以外の縁や交遊関係まで考慮していたらきりがなさそうだ。

「言われてみれば確かに」

「真綾《まあや》とは別になっちゃったけど」

「あ、そうなんだ」

「そっちもでしょ」

「へ？」

俺はふたたび名簿に視線を戻した。そっちも、って……ええと、あ、丸《まる》がいない。左右を確認すると、どうやら丸は3組のようだ。

「真綾は3組」

「ってことは、丸と一緒か」

あのふたりが同じクラスとか。手強《てごわ》いクラスになりそうだ。何を競うのかわからないが。

「隣だから、体育とかは一緒になると思うけど。まあでも3年だと進路別の授業も多いし、2年までとは違ってクラスが同じかどうかってあまり関係ないかも」

選択する授業が理系と文系、国立志望と私立志望でやや異なるから、クラスが同じでも教室が別れることはこれまでよりも多いのだった。

「真綾、理学志望だし」

「えっ？」

それは意外――でもない、のか？　そういえば丸も理系だった気がする。あのふたり、意外と似ているのかもしれない。

「将来の夢はマッドサイエンティストだって言ってたし」

「それはアニメの話なのでは……」

「そうなの？　冗談だったのかな」

「かも」

よくわからないねえとふたりで首を捻《ひね》った。

「まあとにかく一年よろしくね、浅村《あさむら》くん」

「こちらこそ、綾瀬《あやせ》さん」

なにはともあれ、これから一年間、同じ学《まな》び舎《や》の同じ教室で過ごせるわけだ。

それは単純に嬉《うれ》しいことでもあった。

始業式の行われる体育館へとふたり並んで歩きながら、そんなことを話した。

俺たちの周囲にはもう誰も居なかった。さっさとみんな体育館に行ってしまっている。

だからこそ、こうしてゆっくりとふたりで歩いていられるわけで。

「で、どうしよう」

「学校でのこと、だよね」

俺と綾瀬さんは義理の兄妹《きょうだい》になったことをあまり公にしていない。余計な注目を浴びたり変な話題になるのが嫌だったからだ。

俺は言葉を選びつつ言う。

「基本的にはこれまでどおり、で良いんじゃないかな。たとえば、今みたいにクラス替えの日に同じクラスになったことを話題にしながら歩く、とか」

これくらいは学生としては自然というものだろう。

そう言うと、綾瀬さんはくすりと笑った。

「つまり、クラスメイトの範囲でってことだよね」

「そうそう。無理に会話をしないようにするというのも不自然だし」

「わかった」

綾瀬さんは頷《うなず》いた。

それでも――。

綾瀬さんの性格を思えば、学校だと家にいるときほどには気楽に話すことができないだろうな。

丸《まる》もいないから、学校で誰とも会話せずに終わる日も確実に増えそうだ。

●4月19日（月曜日） 浅村悠太《あさむらゆうた》

排水溝の中にさえ桜の花びらを見なくなり、目に映る風景は色鮮やかなみどりへと変わっていく。

毎年の光景ではあった。

年年歳歳花相似たり《ねんねんさいさいはなあいに》。繰り返される景色は同じだ。

けれど、高校生にとっては学年がひとつ上がることはそれなりに大きな変化だった。

校舎を上る階段の階数がひとつ増える。窓の外、立ち並ぶ木々の梢《こずえ》が見下ろせる。グラウンドはより遠くまで視界に入った。窓越しの景色が小さな変化を伝えてくる。俺たちにとってはすこしばかり昨年よりもおとなへと近づいた気分を与えるのに充分だった。

それは教室の風景も同じだ。

きれいにシャッフルされた生徒たちの中、昨年までの見慣れた顔は6分の1ほどに減っていて、見慣れない顔が並ぶ。クラス替えがあれば教室内の雰囲気も変わるもので、それがあたりまえとして馴染《なじ》むまでには幾らかの時間がかかるものだ。

俺は、教科書を鞄《かばん》から取り出して一時間目の授業の用意に取り掛かる。

板書を記録するためのノートとシャープペンと……。

ちなみに同じクラスになった綾瀬《あやせ》さんの席は、俺から見て右斜め2列前だ。明るい色の髪が女子の輪の中にかろうじて見えている。綾瀬さんとの申し合わせを律儀に守った結果、彼女とは学校ではロクに話せていなかった。まあ、自然な流れで女子と会話する機会など、そうそうあるものじゃないから。

ところで目の前で輪になっている女子たちだが、SHRが終わってから授業開始まで十分しかないというのに、まだまだ元気にお喋《しゃべ》りをしている。よくもまああれだけ喋る内容があるものだ。綾瀬さんはその会話に自然に参加しているように見えた。とくに孤立することもなくグループに交ざっている。

綾瀬さんのほうはクラス替えに伴う変化にすっかり馴染んでいるように見えた。

俺とは大違いだ。そういえば昨日の体育の授業で一緒になった丸《まる》から「浅村よ。おれは心配だ。ぼっち飯しておらんか」などと言われたっけ。

とくに気にしてないから問題ないと返しておいたが……。

ここでようやく待てよ、となった。今日はもう19日だ。4月も後半に入っている。このままだと、新たに親しくなったクラスメイトも居ないうちにもう10日もすれば——。

「もうすぐGW《ゴールデンウイーク》かぁ。せっかく馴染んできたのに、しばらく会えなくなるんですね」

まさに俺が考えていたことが女子の輪から聞こえてきて聞き耳を立ててしまう。

会えなくなる、と言った子はしょんぼりと肩を落としていた。周りの女子たちから肩を叩《たた》かれたり、頭を撫《な》でられたりしている。

「もー、りょーちんはかわいいな！　でもあたしも寂しい！」

同意する声と、じゃあみんなでカラオケにでも行こうかと提案する声と。

「綾瀬《あやせ》さんは、GW《ゴールデンウィーク》になにか予定あるんですか？」

りょーちんと呼ばれた女子の口から飛び出した名前に俺の心臓が跳ねた。

女子の輪に埋もれるようにしていた明るい色の髪の彼女の声が聞こえてくる。

「模試のための勉強かな」

「真面目だねー」

「そう？」

「うん。話してみると綾瀬さんって、えとごめんね、真面目だなーって。たしかにわたしたち受験生だけどー。そうなんだけど。今年のGWは1回しかないんだよぉ」

「どの年だってGWは1回だと思うけど」

「で、でも、綾瀬さん。そんな勉強漬けの日々って、つまらないような……。もっとこう……いろいろしたくならない？」

「いろいろ……たとえば？」

「彼氏と遊びに行く、とか。……んんっ」

自分で言いだしたくせに照れたように咳払《せきばら》いするものだから、よくわからない子だなと思った。

――って、これじゃまるで盗み聞きしてるみたいだな。

「こら、男子！　聞き耳、立てんな！」

会話をしていた女子の中で、クラス委員長を務めている子に一喝され、いっせいに顔を逸《そ》らした男子たちの数の多さに、自分もまさにその一人でありながら、おいおいと内心あきれてしまった。

調子者の男子が叫ぶ。

「聞いてませーん。聞こえてるだけでーす」

小学生か。

「小学生か！」

女子のほうが大勢の心の声を代弁してくれたせいか、聞いていないフリをしていた奴《やつ》らまで笑っていた。

みんなして苦笑混じりの笑顔になっている。

ああ、なんか良いクラスに入ったな、と俺はすこしほっこりしてしまう。

「でも……遊ぶって言われても何をするものなの？」

「お、綾瀬《あやせ》さん。彼氏いるってこと？」

「……そういう話じゃなくて。えーっと、彼氏に限らず、男子とってこと」

「いちおう興味はあるんだぁ」

クラス委員長がにやりと笑みを浮かべた。

「や、べつに……」

「まあ、デートしたり？」

「デート……」

「一緒に食事したり、一緒に映画観《み》たり——あるいは、おうちデートとか。彼氏と一緒にご飯つくってさー」

「はあ。ええと、それ、だけ？」

「まあそうだけど。えっなに、それ以上のことしたいの、綾瀬さん」

一気にざわつく教室。

ちがっ、と綾瀬さんの口許《くちもと》が動いたところで始業の鐘が鳴り、からりと教室の前の扉が開いて一時間目の現代文の教師が入ってきた。ざわめきが収まっていく。

彼女の背中を見つめながら綾瀬さんたちの会話を思い返す。

食事に映画に、ええと、家で料理を一緒に作る、だっけ？

俺たちは全部ひととおりやっていた。

それはまあ、綾瀬さんも「それだけ？」みたいな対応にもなる。だからといって、それ以上のことをしたいと思っているかといえばどうだろう。って朝の教室の一時間目に考えるようなことじゃないか。

俺は綾瀬さんの顔を盗み見た。

すこし困ったような瞳と視線が合う。その視線はふいっと切られ、綾瀬さんは黒板へと向き直った。

最近、綾瀬さんと俺は教室の中で一瞬だけ目が合う、ということが多くある。

たまたまなのか、それとも俺が無意識に彼女を目で追ってしまっているせいなのかわからないけれど。

そう、俺がこうして彼女の背中を追っているから、その視線に気づいた彼女が振り返ると見つめ合ってしまう、のかも……。

「――村君」

そんなことを考えているからか、ぼんやりと集中力が落ちてしまうこともあって。

「浅村《あさむら》君、あ・さ・む・ら・くん！」

「は、はい！」

こうして呼ばれていたと気づくのが遅れたことが何よりの証拠だった。

「続きを朗読」

慌てて教科書をもって立ち上がる。教師に言われるまま読み始めた。

「はい。そこまで」と言われるまで読みあげると、俺はほっと息をつきながら腰を下ろした。短くとも、明治時代の文章は現代を生きる俺たちには読みづらいことこのうえない。

文豪の、自分が読みあげた最初の一節を目でなぞる。

『げに東《ひんがし》に還《かえ》る今の我は、西に航せし昔の我ならず』

我は昔の我ならず、か。

「では、次を綾瀬《あやせ》さん」

「はい」

涼やかな返事の声が耳を打ち、俺は視線をあげた。右斜め前の綾瀬さんが立ち、教科書を読みあげる。耳に心地よい落ち着いた声がゆっくりと語る古めかしい文が、教室の中を漂って耳へと流れ込む。朗読、うまいなぁ。

両親の再婚とともに同居を始め、もうすぐ1年になるというのに、俺は未《いま》だこの義妹《ぎまい》の中に知らないことや意外な面を見出《みいだ》して、そのたびに感動している。

「そこまで。よかったですよ」

「ありがとうございます」

現代文の教師はちょっとしたことでも、たとえば難しい熟語ひとつを知っていただけでも褒めてくれるタイプなのだ。

腰を下ろした綾瀬さんの背を、隣に座っているクラス委員長の女子がぽんと叩《たた》いた。

「綾瀬さん、いい声だねぇ」

にこっと綾瀬さんが笑みを返した。

それを見てふと思う。1年前の綾瀬さんだったら、笑みを返しただろうかと。ぼそりと「どうも」とか言ってそのまま表情を硬くしていた気がする。

どことは細かく言えないのだけれど、綾瀬さんは少し変わった。相手に過度に合わせることをよしとしない性格の根本はそのままなのだとしても、奈良坂《ならさか》さんしか親しい相手はいないと言っていた頃とはちがう。

クラスの女子たちとふつうに話している。奈良坂さんや昨年の夏にプールに一緒に行った者たちだけではなく、新しいクラスになってから初めて話したような相手ともだ。

隣の席のクラス委員長。溢《あふ》れるリーダー気質《きしつ》ゆえか、名前よりも「委員長」と呼ばれることの多い女子とも、ごくふつうに喋《しゃべ》っていた。

新学期が始まってわずか二週間足らずで、ほぼ初対面の人たちと交流できているわけで、「すごいな」と思う。変わったんだなと感慨深く思うと同時に、自分のほうは成長できているのだろうか、と考えてしまった。

思い出すのは、正月に親父《おやじ》の実家に行ったときのことだ。綾瀬《あやせ》さん母娘《おやこ》に否定的な態度を示した祖父に対して思いっきり綾瀬さん――沙季《さき》を庇《かば》って反論してしまったのだった。

『優しいし、誠実ですし――努力家です、沙季は』

そう、綾瀬さんはいつも頑張っている。

俺も何か苦手なことを克服してみたい。

先ほどの、女子の輪の中でふつうに会話していた綾瀬さんを思い出す。

俺も、もうすこし普段から前向きに人付き合いをしてみようか。丸《まる》にも言われたことがある。おまえは他人に関心を示さなさすぎだと。

頬杖《ほおづえ》をついてそんなことを考えつつぼうっと黒板を眺めていたら、また名前を呼ばれた。何も聞いていなかったので、さすがに今回は何を答えたらいいのかもわからなかった。こういうときは誤魔化《ごまか》してもしかたない。素直に言う。

「わかりません」

「いいえ、まだなにも訊《き》いてませんよ?」

「あ」

クラス内にいっせいに笑いが起こった。

さすがにぼんやりしすぎた。

なんとか教師の問いかけに答えてやりすごしたのだけれど、悪目立ちにもほどがあったか、休憩時間になるやいなや吉田《よしだ》がやってきて——。

「浅村《あさむら》って、真面目そうに見えて授業中に寝てたりするんだなー」

と、ツッコミを入れられた。

「ちゃんと起きてたって」

「夜更かしでもしたのか？　えっろいビデオでも観《み》てたとか」

「それもしてない。ちょっとぼうっとしてただけだよ」

「へえ。でも、それって珍しくね？」

「そう、かな」

「んー。あ、いや、俺の思い込みかもしんね。正直、修学旅行まであんま喋《しやべ》ったことなかったしなー」

吉田が言って、俺もそうだねと返事をしていた。吉田とは2年のときも同じクラスだったが、俺は丸以外とあまり話してこなかったから、クラス替えで初めて一緒になった生徒とたいして距離感は変わらない。

彼とは修学旅行のときに丸《まる》とともに同室だったことから接点ができた。

気さくな性格で、クラス替えのあと真っ先に声を掛けてきた。また同じクラスだな、よろしくと。それから、ちょこちょことこうして話しかけてくる。

丸とちがってそこまで会話が嚙《か》み合うほど相性がいいわけではないので話しかけられたら応対はしていたけれど、これまでは自分から話しかけるようなことはなかった。それで2週間が過ぎてしまって。

こちらから話しかけるってなると――何を話せばいいんだ？

「なあ、吉田《よしだ》」

「ん？」

困った。丸が相手ならなんとなく話題も出てくるんだが。こうして改めて雑談ってやつをしようとすると話のタネが見つからない。

「そういうおまえはどうなんだ？」

話のタネでもなんでもなかった。

どうなんだって言われても何がだよ、って感じだろうに。

俺、質問下手かよ。だが、吉田は良い奴《やつ》でこんな雑なフリを受けとめてくれた。

「俺か？　俺はまあ夜は音楽聴いてるか動画観《み》てるかだな」

どうやら、俺の曖昧な意味のない返しを、『夜更かしをしているのだったら、何かやってるのか』という意味に受け取ってくれたらしい。

そして吉田は最近のお気に入りの曲のタイトルを幾つか並べ立ててくれたのだが、これがさっぱりわからない。

スマホでネット検索してみる。

「ええと……。ああ、アニメのオープニングなんだね」

「そうなん？」

「ここにそう書いてあるけど」

検索結果を見せつつ伝えると、「知らんかった」と返ってきた。ということは、アニメとか漫画が好きという流れで知った曲というよりも、流行《はや》りの音楽として耳に入れていたということかな。

吉田はアニメも観ないし漫画もあまり読まないと言っていたし。

俺は本や漫画を読んでいることのほうが多いけれど、丸の影響もあって、そこそこ深夜アニメは観ていたりする。だが、意外と流行りには疎くて、この曲は知らなかった。検索をかければアニメの公式が宣伝用に曲を投稿している。後で聞いてみようとチェックだけ入れておいた。

「浅村《あさむら》っていいやつだなぁ」

意外な言葉に俺はスマホの画面から視線をあげる。

「へ？　なんで？」

「知らなかったんなら流せばいいところを、いちいち調べて話を合わせようとしてくれるからさ。変わってるぜ」

そう、だろうか。自分ではよくわからない。

読書もそうだが、俺は自分の好きなジャンルに偏りがあることを自覚していた。

偏りは偏見を生む。

視野が狭くなるとか。傲慢さとか。ナルシシズムとか。

本を読んで、そんな閉じた自分になることの怖さも知った。だからこそ本を読むときも、物語だけじゃなくて、哲学書もビジネス書も自伝だのポピュラーサイエンスの本だの歴史の本だのとあれこれ読むようにしてきた。偏りとはつまり個性でもあるから存在自体はしかたない。けれど、そこに拘泥するのだけは避けようとしてきた。

音楽を聴くときも知らないことを聴かない理由にはしたくない。そして、どうせ聴くのなら楽しみたいじゃないか。

俺は、そんな自分なりの理由を吉田《よしだ》に述べ立てた。

「なるほど。よーわからん」

「他人の好きなことの話を聞くのも好きだよってこと。他になにか最近ハマってるものとかある？」

「おう。そういうことなら、俺のお勧めはだな――」

言われて語られる吉田の話題はYouTuberや流行《はや》りの曲、ドラマなどが多く、俺には新鮮なジャンルで知らないことのほうが多かった。同じ動画でも、丸《まる》が勧めてくるのはVTuberのゲーム配信動画だからなぁ。

わからない単語が出てくるたびに携帯で調べながらなんとなく話を合わせてみる。これで会話として成立しているかと問われれば微妙なんだろうけど。

……雑談ってこういうものだっけ？

それでも休み時間の十分をどうにか乗り切る。

みんなこんなことを軽々とこなしているのだから恐れ入る。授業開始の鐘がスピーカーから流れて、吉田は自分の席へと帰っていった。

教科書を広げていて、ちらりと視線を上げたとき、明るい色の髪がさらりと視野を過《よ》ぎり、一瞬だけ綾瀬《あやせ》さんと視線が合った。彼女はすぐに背中を向けて黒板へと向き直ってしまったけれど、確かに俺のほうを見ていたような気がする。

それとも、これも俺が彼女を意識して常に探してしまっているからなのだろうか……。


放課後。一度帰宅してからいつものようにバイト先の書店へと向かった。

バックヤードに入ると店長に「浅村《あさむら》君、ちょっと」と呼び止められる。

「実は、今日から今週いっぱい読売《よみうり》君が就活で、シフトに入れる時間が短くなると連絡があってね」

本日、バイトの人数は俺を入れて4人だという。俺と綾瀬《あやせ》さんと大学生がふたりで、そのふたりはこの春から仕事を始めたばかり。つまり、図らずも今日は俺がバイトの中では一番の古株になる。

「浅村君は経験済みだからわかると思うけど、今週の返品処理はけっこう大変だから」

「ああ、はい。ですよね」

来週からは長期連休が始まるから物流がストップしてしまう。つまり、月曜日に発売されるはずだった雑誌が月曜日に届かなくなる。それはお客さんが困る。定期雑誌だったら定期的に読みたいものなわけで、毎月25日に出る本は、25日に書店に並んでいることを期待されるのだ。

お客さんが困るということは本屋としても困る。そこでどうなるか。発売日が休日や祝日と重なると、本という商品はおおむね前倒しで発売される。遅いよりは早い方がいいという判断なのだろう。

そういうわけで一週間近くも休みになるGW《ゴールデンウイーク》は一週間分の本が休みに入る前にどどっと書店にやってくる。うちの書店はそこそこの大きさだから、入ってくる本の量も多いわけで。そして連休中は返品もできない。バックヤードに在庫を積み上げたくなければ、GW前の今のうちに売れ行きの鈍くなっている雑誌や本をせっせと返品しないといけないのだ。そうして棚を空《あ》けておかないと本が積み上がる。

読売先輩がいればてきぱきとバイトたちに返品処理を回してくれるだろうけれど、いないとなると、俺が先頭を切ってやらないとなぁ。

店長とのやりとりを頭の片隅に留め置いてから俺は売場へと出た。

レジ前を過ぎるときに同じ時間にシフトに入っている綾瀬さんと目が合う。

軽く会釈を交わしただけで俺は棚の整理へと向かった。忙しさやその日やるべき仕事内容にもよるが、基本的に俺が売場にいるときは綾瀬さんはレジに、綾瀬さんが売場にいるときは俺はレジに入るようにしていて、バイト中は互いにあまり会話しないようにしているのだった。

これは綾瀬《あやせ》さんとの取り決めにあることで、外ではあまりベタベタしないようにしよう、という判断からだった。もちろん自然な範囲内で。

小休憩のときはたまたま同じ時間に事務所に入ったのだけれど、大学生のバイトの男性が一緒だったので俺と綾瀬さんだけが話し込むわけにもいかず、結果的になんとなくお茶を飲むだけになっていた。

大学生のバイトふたりは男性ともうひとりは女性なのだけれど、小休憩を先に終えた男性が出ていくタイミングで女性のほうが休みに入ってくる。すれちがう時、ふたりは「戻ります」「はい」とだけしか会話せず、入ってきたほうの女性は俺と綾瀬さんの両方に軽くお辞儀をして目で挨拶をしただけで、お茶を紙コップ一杯淹《い》れたかと思うと、すとんと椅子に腰を落としてポケットから取り出した文庫本を読み始めてしまった。話しかけてくれるなオーラが凄《すご》い。その様子を見て俺は――。

「いま、私みたいって思ったでしょ」

隣に座っていた綾瀬さんが俺にだけ聞こえる声でつぶやいた。

言われてお茶を吹き出しそうになった。

言い返す間を与えず綾瀬さんは紙コップを持ち上げると、さっさと休憩を終えて事務所を出ていった。バイトの女子大生が文庫本から一瞬だけ目をあげて残された俺のほうに、訝《いぶか》しげな視線を送ってくる。

いや俺は何もしてないです。

そんな調子でバイトの時間は過ぎていき、俺は、読売《よみうり》先輩という潤滑油の存在は大きかったのだと改めて気づかされた。今日は特に。あのひとがいればごく自然に俺たちも新人ふたりも巻き込んで会話を展開してくれただろう。自然な感じで綾瀬さんとも話ができたはずだ。

俺と綾瀬さんのふたりきりだと客観的な距離感を調整しきれない。だから怖いのだ。俺たちにとってはそれほどベタベタしているつもりはなくても職場の他の人間からそのように見られたら、仕事中に何をやっているのだと顰蹙《ひんしゅく》を買いかねない。

ゆえに自重してしまう。

でも、それで結果的に他のバイトのひとたちとも距離が開いている。悩ましい。

シフトあがりの時刻は同じだったから綾瀬さんと一緒に事務所へと戻ると、いないはずの読売先輩がリクルートスーツ姿で立っていた。

紺の上下に白のシャツ。黒髪ロングを後ろでひとつにまとめていて、いつもの肩まで流したヘアスタイルではないだけで印象が変わる。仕事ができそうに見えますね、なんて言おうものなら怒られそうだけど。

事務所の扉を開けた俺たちを見るや、読売《よみうり》先輩がおどけた口調で言ってくる。

「やっほー。ふたりとも、先輩ロスで寂しがってなかったかな？」

チェシャ猫みたいな笑みを浮かべて言われると、意地でも認めたくはなくなるものだと思うのだけど。

「寂しくはありませんでしたが、我身の戦力不足は痛感しました」

「ほう」

「それより今日は休みだったのでは？」

「あれあれ？　わたし、邪魔者にされてる？　されてる？」

「いえそんな」

「ひどいよう。みんなの頑張りを応援しにきたっていうのに」

「頑張りをからかいにきたと言われれば納得できるんですが」

「ひどい言われ方だよう。めそめそ。ぐすぐす。しくしく」

泣き真似《まね》のバリエーションが無駄に豊富だ。

「ええと――」

年上の女性に泣かれた高校生男子の態度として正しいのはどう考えても話題を変えることだろう。

「――で、なぜここに？」

「GW《ゴールデンウィーク》前だって気づいたから、シフトを遅らせても入ったほうがいいかなって」

面接が終わったから、シフトを深夜時間帯に変更してもらって、このまま店に入る予定なのだという。つまり忙しくなるからシフト時間を変更してでも出勤してくれたわけか。

ほぼ同時にそれに気づいたらしい綾瀬《あやせ》さんが素直に頭を下げた。

「ありがとうございます」

「いやいや、それほどでも――あるか。よし、褒めてくれていいよう」

そこで自分から言い出すから褒めにくい。それともこれは読売《よみうり》先輩流の照れ隠しなんだろうか。

俺も素直にありがとうを言った。自分を戦力として不足だと言ったのは本音だし。

予定していた時間よりも早めに着いてしまったとかで、俺たちが着替えてもういちど事務所に顔を出したときにも読売先輩は缶コーヒー片手に椅子に座って寛《くつろ》いでいた。

お先に、と言おうとして、ふと俺は思い浮かんだことを聞いてみる。

「先輩、就活は大変ですか」

「ん？　興味ある？　でも進学志望なんだよね、ふたりとも」

綾瀬さんが首を縦に振った。俺も頷《うなず》きながら言う。

「大学には行くつもりです。でも、そのあとは就職を考えていますから」

「気が早いなぁ。わたしが君たちの歳《とし》の頃なんて、受験のことしか考えられなかったのに」

そう言いながらも読売先輩は簡単に就職活動の話をしてくれた。

学術書系の出版社や電子書店（電子書籍を作る会社らしい）、ＩＴ系の企業やメーカーの事務職等、希望の業種はありつつも絞りすぎることもなく複数受けているという。

面接を受けに行った会社の数の多さにも驚いたけれど、それより受けている企業の業種が幅広かったのが正直意外だった。

「読売先輩だったら、ここ、と決めたところにまっしぐらなイメージでした。そんなにあちこち受けてるんですか」

「そんなふうに見えてるんだぁ」

綾瀬さんも俺の隣で頷く。

「見えます」

「そお？　そんなに信念の人に見える？」

「信念、とはちがうような」

綾瀬さんの言葉に読売先輩が興味深げな表情を浮かべる。

「ふむふむ。では、沙季《さき》ちゃんにはわたしはどう見えているのかな？　聞いてあげるから、言ったんさい」

「えーと……」

綾瀬《あやせ》さんはうーんと唸《うな》ったきり黙り込んでしまった。

俺には綾瀬さんが考え込む理由がわかる。確かに読売《よみうり》先輩という人物の性質は言葉にしづらいのだ。綾瀬さんが黙ってしまったので、俺がしかたなく後をつづける。

「読売先輩って誘われればどこにでも付いていくけれど、自分から行き先を決めるときは本当に行きたいところ以外には行かない性格に見えます」

俺の語る言葉を聞いて、綾瀬さんが我が意を得たりとばかりに隣で首を縦に振っていた。

「私にも、そんな感じに見えます」

「付き合いはいいけど、自分は曲げない——みたいな」

「ほほう。それって、ほんとに付き合いが良いって言えるのかなー。愛想笑いは得意だけど我が強いって言ってない？」

言ってます。

言ってますが、そうストレートに言わないだけの言葉の配慮をしました。

「とんでもないやつだねー、そんなとんでもない性格の人、世の中にいるかなー？」

俺と綾瀬さんはジト目になって目の前のとんでもない性格のひとを見つめた。読売先輩は槍《やり》ででも突かれたかのように心臓を押さえて大仰な叫びをあげる。

「視線が……刺さる！　これは心理攻撃！　いつのまにこんなに連携の取れた攻撃をする子になったの？　君たち容赦なさすぎだよう」

「鬼教官に鍛えられましたから」

「うう。わかった。君たちの言いたいことはわかった。でも、わたしはそこまで就職先に拘《こだわ》ってなかったってのもほんとなの」

読売先輩はそう言うと、大学でさえ将来を見据えて選んだわけではなく、モラトリアムの延長で田舎から出てきて東京暮らしをするために都合の良い場所にあったから決めたのだと語った。

「だから、いざ就職となった今、選択肢が絞り切れてないのだよ」

俺と綾瀬さんは話を聞いて呆《あき》れながらも感心してしまった。まさか、そんな理由で国立女子大にするりと入学してくる人がいようとは。

「だから、後輩君も沙季《さき》ちゃんも今のうちから考えておいたほうがいいよー」

「はあ」

「わかりました」

なんとなく大学は偏差値が高いところを目指したほうが将来の選択肢を広く取れるかな

と漠然と考えていたけれど……漠然と考えた結果の人物像を目の前に見せられると、もうちょっと具体的に考えておくべきなのかもという気にはなった。

「あー、マジで胃が痛い。内定、どこか出るかなあ」

読売《よみうり》先輩が心臓を押さえていた手を胃のあたりに移動させつつそんなことを言ったものだから、事務所に入ってきた店長から「そんなに悩んでるなら、うちの社員になってよ」と誘われていた。冗談っぽい言い回しだけれど、口調はけっこう真剣だ。

「またまた御冗談を」

「給料は弾むからさ」

「ありがとうございます。考えておきまーす」

入ってきたと思うや、すぐに事務所から出て行った店長へとひらひらと手を振りながら読売先輩は言った。いなくなってから、俺たちだけに聞こえる声で告げる。

「正直、このままここに就職ってのは、あんまり考えてないんだよねえ。仕事内容は好きだし、嫌ってわけじゃないけど。今やってることの延長線上だと飽きそう。新しい刺激が欲しい」

俺たちは「内緒にしておきます」と苦笑を浮かべつつ遅くなるからと事務所を出た。

就職、かぁ……。

自転車を押しながら綾瀬《あやせ》さんと家への道のりを歩く。

季節は春から初夏へと移りつつある。もう冬のときのように歩いていても寒さを感じることは少なかった。

街路樹の枝には緑の葉が茂り、通りを歩く人々の服の色も重たそうな色彩から明るく軽い色へと変わっている。ショーウィンドウのマネキンたちは、店によっては夏服にしか見えない半袖を着ていた。

隣を歩く綾瀬さんがガラス越しに見える服を目ざとくチェックしている。

俺も付き合って視線を送りながら感想を言ってみる。

「なんだか、薄紫色が多いような」

「デジタルラベンダーね」

ふんわりした淡い紫色の服を指さしながら綾瀬さんが言った。

「そういう色の名前？」

「うん。あれ、次の流行色のひとつって言われてるから」

俺が関心を示したからか、綾瀬さんは色々と流行《はや》りの服について語ってくれるのだけれど、専門用語を並べられても覚えきれない。トレンドだという色合いを幾つか教えてもらった。けど明日には忘れてそう。

しかし、『流行』というのは流行《はや》っているという目の前の現象を指して使う言葉なのであって、まだ目の前に立ち現れていないはずのものには使えない。『次の流行』という言葉は、意味的には明らかにおかしいのではなかろうか。ファッションの世界では当たり前のように使われているけれど。まるで未来予知ができるかのよう。

「でも小説にも流行ってあるんじゃないの？」

「あー、まあ、あるかな」

感動系恋愛小説ブームとか、異世界転生が流行りとか。

「それに対して、これからこれが流行りますとか言う人っていない？」

「いる、かも」

ああ、そうか。流行が見出《みいだ》される時期と、流行りのピークの時期ってずれるものなのか。

「押しつけても流行らないときは流行らないから」

「なるほどね」

ファッション業界の目利きのお薦めだと言われれば納得できなくもない。

未来予知ではなく予測の範疇《はんちゅう》。

当たるも八卦《はっけ》と思えば強迫観念に囚《とら》われて流行を追う必要もなくなるわけで。そう思えば気楽に綾瀬《あやせ》さんのお薦めも耳に入る——かも。

俺たちは大通りを離れてマンションへと向かう路地に入った。繁華街のイルミネーションが背中に消えると、目の前は街灯がぽつぽつ点《とも》るだけの道になる。喧噪《けんそう》は消え、互いの声は通りやすくなった。ところが不思議なもので、そうなると俺も綾瀬さんも黙々と足を運ぶだけになる。

互いの体温が感じ取れるほどの、肩が触れ合いそうな距離。声もなく、だから互いの息遣いだけが静寂《しじま》の中に響いている。

「就職かあ」

マンションのエントランスが見えたときに綾瀬さんがぽつりと零《こぼ》した言葉は俺がバイト先の書店を出たときに心の中で発した言葉だ。漠然とした将来への不安を込めた。

就活の目利きさんがいれば占って欲しいと思ってしまった。

家の扉を開けて「ただいま」とふたり揃《そろ》ってつぶやく。

まだ他の家族は帰ってきていない。出勤したばかりの亜季子《あきこ》さんが居ないのは当然だけれど、親父《おやじ》も新しい年度で慌ただしいのか、また忙しくなってしまっていて、帰りが深夜0時を回ることが多かった。

綾瀬さんと二人きりで夕飯を食べて、二人で洗い物を済ませる。

互いの部屋に籠って明日の予習などをしつつ風呂に順番に入った。もったいないから湯の張り替えはしなくていいと綾瀬《あやせ》さんが言い、最近では、どちらが先に入るかもその都度ジャンケンで決めている。ちょっとしたレクリエーションみたいになっていた。

風呂からあがれば勉強の続きをするか、終わっていれば本を読む。

寝る前の穏やかな時間。

そんな繰り返しの中、ときどき――。

「いい？」

こうしてノックの音とともに綾瀬さんが声を掛けてくることがあった。

了解の返事をすると、扉が開いて部屋に入ってくる。

ふわりとエアコンの風に乗って洗い髪から良い香りが流れてくる。椅子を回転させて向き合う。机の傍《そば》まで寄ってきた綾瀬さんは両手にマグカップをもっていた。片方を机の上にことりと置く。

「ミルクティー？」

「そう。寝る前だし、珈琲《コーヒー》よりいいかなって」

「ありがとう」

お礼を言うと、綾瀬さんはどういたしましてと言って微笑《ほほえ》んだ。

「ね、今日さ。浅村《あさむら》くん、吉田《よしだ》くんと何か話してたよね」

綾瀬さんが言った。

現代文の授業の後のことだろう。

「ああ。夜更かししてたのかって言われて」

「先生に名前を何度も呼ばれてたものね」

「ちょっと、ぼんやりしてただけだよ。それで、寝る前に何をしてるかって話になってね。こんなふうに――」

俺は読んでいた本の背表紙を綾瀬さんに見せながら言う。

「俺は読書だよって。吉田は音楽を聴いたりしてるらしくて、いくつか流行《はや》りの曲を教えてもらった」

曲名を並べ立てると、さすがに綾瀬さんはぜんぶ知っているようだった。

綾瀬さんはその中のお気に入りを教えてくれて、俺は聴いてみるよと返した。それから今度は俺のほうから綾瀬さんに訊《き》いてみる。

隣の学級委員長の女子と親しげに話していたねと。

寝入る前、こんな他愛《たあい》もない近況報告をお互いに話すのが、俺たちのこの頃の習慣になっていた。

教室やバイト先で恋人らしいやり取りをできない分を取り戻すかのように。

同じクラスになったのに、近くで存在を感じているのに――。

「正直……ちょっと、寂しさを感じてる」

ぽつりと綾瀬《あやせ》さんが零《こぼ》した。

肩を落として俯《うつむ》いている。

「教室でも、もっといっぱい話したい。もっと近くにいたい」

「ごめん。うまく話しかけられなくて」

謝る俺に綾瀬さんは首を横に振る。すこし湿った髪が頭の動きに遅れて左右に揺れる。

「だって、そのほうがいいって言ったの私だし」

あからさまに恋人同士の振る舞いをして周りから騒がれたくない。

「そうだけど、でもさ」

気持ちを押さえつけ過ぎたくもない。修学旅行のときに確認しあった。

だから自然に振る舞おう。そう決めた――はず。

なのにどうしてなんだろう。自然にしようとするほど、どういう態度を取るのが自然なのか俺たちは互いにわからなくなってしまった。

綾瀬さんの手の中のマグカップが震えている。

堪《たま》らずに椅子から立ち上がって細い体を抱きしめた。

綾瀬さんは頭をぐりぐりと俺に押し付けてくる。浅村《あさむら》くん、とくぐもった声が聞こえてきた。

「キスして」

「うん」

顔を近づけ目を閉じた。

ふたりの間に挟まれたマグカップの震えがいつのまにか止まる。

寄せていた体を引《ひ》き剥《は》がすと、おやすみと言って、綾瀬さんは自分の部屋へと戻っていった。

かすかな息をついてから俺は椅子に座りなおした。

扉が閉まり、エアコンの唸《うな》る音だけが耳に残る。

高まっていた鼓動がゆっくりと収まる。綾瀬さんの残り香が鼻先を掠《かす》めてから消えた。

——このままでいいんだろうか、俺たち。

俺たちの最適な距離感ってどこにあるんだろう。

机に向き直って開いた本の文字を目で追うけれど何も頭に入ってこなかった。

●4月19日（月曜日） 綾瀬沙季《あやせさき》

もうすぐGW《ゴールデンウイーク》だね、と。

言われて初めて、そんなに月日が経《た》ってしまったのかと愕然《がくぜん》とした。

つい先日にクラス替えがあったような気がするのに、4月の残りが10日ほどしかないのだと聞かされて、焦りにも似た衝動が突き上げてくる。

うそでしょ？

流れる歳月の早さに驚いてしまう。と同時に私は3年になってからの自分の周囲の環境の変化にも驚いている。信じられないことだけれど、私は授業と授業の合間の短い休憩時間を女子の輪の中で過ごしているのだ。

一年前の私からしたら信じられないことだ。

そもそもだけど、クラス替えの名簿を見たときすこし落ち込んだ。真綾《まあや》や、前のクラスでなんとなく会話できるようになった女子と離れ離れになっちゃったな、と。

シンガポールへの修学旅行で出会ったメリッサという女性から、私は、自分で思っていた以上に自分が人目を気にする性格なのだと気づかされた。そしてそれはよく考えてみれば当たり前のことだった。周りからどう見えるかを気にしているから私のファッションはそこまで考えて、私は自分が真綾《まあや》以外の友人をとくに作らないでいた理由を理解できてしまった。怖かったのだ。

自分の価値観を否定されるのが。

『好き勝手に振る舞える場所をもっておかないと破裂しちゃうよ』

メリッサにそう言われた。

心のセーフティハウス。好き勝手できる場所が必要だと。

要するに甘えられる場所ということだ。

実父が居なくなり、母への負担を減らそうとして甘えることが苦手になった私にとって、自分の生き方を否定しないでくれる浅村《あさむら》くんはそういう場所になった。

だから――避難場所ができたのだから、本当ならばもう否定されることだって怖くない。ぶつかりあえる――はずだ。ぶつかってみよう。真綾以外にも会話のできるクラスメイトたちができたのだし……。

なんていう決心もぜんぶ進級でリセットされてしまった。

そして私の気持ちは1年前に逆戻りしそうになった。もともと私は雑談だけで時間を溶かすのは望むところではない。今年は受験もある。勉強とバイトにいっそう集中するのも

「武装」なわけだし。

いいんじゃないか。

同じクラスに浅村くんはいるけれど、自然な会話以上をしてクラスメイトたちから好奇の目を向けられるのは……それはダメだ。まだ無理だ。

そう、今は平穏無事に生きていければ……とか。

後ろ向きの思考が加速していた。

ところが蓋を開けたら、始業式以降、私は平穏とほど遠い毎日だった。

他者と交わる覚悟をしていた時期だったら、この状態を歓迎できただろうけれど、いちど日和《ひよ》って怖《お》じけづいて後ろを向いていたから、放り込まれた女子の輪の中で私はずっと目を回している。

何がどうしてこうなった。

まあ原因ははっきりしてるのだけど。

「まあまあ落ち着いて。長い連休で友人と会えないと嘆くみんなの気持ちはわかるけど、ものは考えようだって！」

「ほほう。委員長殿、何かお考えが？」

「学校がなければ会ってはいけない、なんて法律があるわけじゃないんだから。どう？みんなで、カラオケとか行かない？」

いいねー、とすかさず周りから賛同の声があがった。

カラオケを提案した女子……ええと、なんて名前だったっけ？　私の隣の席に座っているこのアンダーリムの眼鏡をかけた女子は、委員長という愛称のほうが知られていて、みんながそう呼ぶものだからなかなか名前を覚えられない。

まあとにかくこの委員長さんが私とは真逆の社交上手で。ひょっとしたら真綾《まあや》と張り合えるんじゃないかっていうくらい。なので10分の短い休憩時間だろうが、あっという間に人の輪に取り囲まれる。

必然的に、隣の席の私も身動き取れなくなるというわけだ。けっして私の社交スキルがあがったわけではなかった。

「綾瀬《あやせ》さんは、GW《ゴールデンウィーク》になにか予定あるんですか？」

名指しで尋ねられて私は声の主のほうへと顔を向けた。

下がり眉のおっとりしたこの女子は佐藤涼子《さとうりようこ》さん。みんなからは「りょーちん」とか「おりょうさん」と呼ばれている（私は呼んだことないけど。恥ずかしくて）。修学旅行のときに真綾と共に同室になった。

それでも2年生のときは、私とはそこまで深く会話するような仲ではなかった。

……のだけど、最近どことなく懐かれているような。

ええと、それで何を訊《き》かれたんだっけ。

ＧＷの予定か。

「模試のための勉強かな」と答えたら、びっくりされてしまった。

驚くようなことかな。私たち受験生なのに、などとごちゃごちゃ考えていたら、話が変なほうに流れ出した。

彼氏と遊びに行かないのかって？　なんだそれ。

この二週間、女子の輪の中から逃げられなくなって気づいたことがある。

どういうきっかけで始まった会話であっても、高校生女子の会話というのは恐ろしいことにどこからかいつの間にか恋愛話に繋《つな》がってしまうのだ。今もそう。なぜ、ＧＷに恋人と遊びに行くという話になっているのか。遊びに、ねえ……。

「でも……遊ぶって言われても何をするものなの？」

私の問いかけに委員長さんが答える。

「まあ、デートしたり？」

「デート……」

デートかぁ。そういえば浅村《あさむら》くんとデートしたことってあったっけ？　というか、そもそもデートとは何をすればデートになるんだろう。

「一緒に食事したり」

いつもしてる。

「一緒に映画観《み》たり」

クリスマスに行った。

「一緒にご飯つくってさー」

最近、夕食はいつも手伝ってくれているけど。

「はあ。ええと、それ、だけ？」

「まあそうだけど。えっなに、それ以上のことしたいの、綾瀬《あやせ》さん」

委員長に言われて私は自分が何を口走ってしまったかに気づいた。私、まさか今デートの達人みたいな返しをしてた？

ちがう、と否定しようとしたところで始業の鐘が鳴った。

教師が入ってきて、ざわついていた教室はなんとなくそのまま静かになった。でも、なんか視線を感じる。ちくちくと。みんなが私のほうを見て噂《うわさ》している。そんな被害妄想をもってしまう。

うう、失敗した。

絶対、みんなに変なやつって思われた。

佐藤《さとう》さんは男子との一般的な話を持ち出したはずなのに、いつの間にか私は浅村《あさむら》くんとのことばかり考えていたのだ。

現代文の授業の間、教師の話を片耳で聞きつつも、私はずっと自分が失敗したということを引きずってぐでぐでと悩んでいた。

なんであんな返しをしちゃったんだ恥ずかしい。

終わりの鐘が鳴ったときには、頭を抱えたまま机に突っ伏してしまった。そんなポーズしたことがないのに。いつも胸を張っている姿を見せつけてきたのに。

こういうことがあるから、私は雑談が得意ではないのだ。どうしてみんなはあんなにもすいすいと会話の波をサーフィンできるのか。

うつぶせになっていた顔を少しだけ傾けて私は自分の席の左後ろをちらりと盗み見る。

さっきの私の醜態を浅村くんはどう見てただろう。気になった。

けれど、浅村くんは私のほうなんて見ていなかった。

男子のひとりと何事か会話をしている。

そこまで大きな声で話しているわけじゃないから、内容まではわからない。けれど、楽しそうに見える。

彼の交友関係をそんなに詳しく知っているわけじゃない。でもたぶん、まだ交流が浅いであろう男子と、もうあんなに気楽に会話している。そんな姿を見てしまうと、私は自分が情けなくなる。浅村《あさむら》くんはやっぱりふつうに社交的だと思う。ちゃんとバイトのときはお客さんの相談に乗ってあげているし。友人は丸《まる》くんだけとか言ってたけど。彼も新しい人間関係に踏み出しているんだ。頑張ってるな、って思う。いいなって。

それに楽しそうだし。

自分が言い出したこととはいえ、近くに浅村くんという最も親しい相手がいるのに会話をしないと私は決めてしまった。でも、私と話ができなくても彼にはああして楽しく過ごせる相手がいるのだ。

私はこうして机につっぷして周りの音が聞こえないふりをしているのに。

「ねーえ、綾瀬《あやせ》さん。ねえねえ」

顔をすこしだけ上げると、わざわざ覗《のぞ》き込《こ》むようにして隣の席の委員長が私の名を呼んでいた。

「……ん？」

「ここ、なんだけど。その、ピアスね」

ここ、と言いながら自分の耳をちょんと指でつついた。

「あ。うん」

私は体を起こした。

——なんだろう？　ピアスなんてやめろとか言われるのだろうか。委員長だし。

「かわいい色だなって思ってて。どこで買ったの？」

「え？」

「なんでそんな驚いた顔」

「あ。はずせって言われるのかなって」

「へ？　うちの学校。別に禁止されてないでしょう」

「まあ」

水星《すいせい》高校は進学校のわりには校則がゆるい。『華美になるな。節度を守れ』と、生活指導の教諭こそ厳しく言ってくるものの、全体的には放任主義だ。でなければ、髪を染めてピアスまで付けている私はとっくに放校になっている。その代わり、単位を落とせば容赦なく留年になる。

だから、高校というよりも大学っぽい、と言われたりもする。

「で、どこで買ったの？」

記憶を浚《さら》ってみる。

「センター街の……路上だった気がする」

「へえ。いいセンス。髪留めもかわゆいし。ヘアカラーに合わせた？」

「まあ」

なんだかさっきから私、まあしか言ってない。

「ね、わたしも交ざってもいい？」

新たに会話に加わってきたのは先ほどの休み時間に私が自爆した会話のきっかけを作った人──佐藤《さとう》さんだった。まあ、悪気がないのはわかっているけど。というか明らかに私が受け答えをミスっただけだ。

「もちろん。いまね、綾瀬《あやせ》さんはセンスいいねって話してたの」

「わかる」

ぶんぶんと佐藤さんがもげそうな勢いで首を縦に振っている。

お世辞だとしても、そういう評価は嬉《うれ》しかった。ひとは努力をしているところを褒められると嬉しい生き物なのだ。

「うん。同じクラスになったのは今年からだけど、わたし、綾瀬さん、前から知ってて」

「えっ」

「1年のときは隣のクラスだったんだよ。体育のときとか何度か声を掛けたんだけど、覚えてない？」

私は首を横に振った。

ぜんぜん覚えてない。

今から思えば1年のときの私は周囲に対して異様に警戒していた。

義務教育を終えて、よく言えば自主自立を謳《うた》う、悪く言えば放任主義の水星《すいせい》高校に入り、さあこれから外見も内面も磨いていくぞと思ったら、周りから聞こえてくるのはお小言のような繰り言ばかりで。ピアスも髪染めも校則では否定されておらず似合うと思ってやっていることなのに、なぜあらぬ噂《うわさ》ばかり走るのかと不思議に思っていた。

でも、あの頃の私が警戒しすぎでほんとうは委員長のように単純にいいねって思ってただけの人もいたのかもしれない。今だとそう感じる。

佐藤さんが修学旅行のときの思い出を持ち出してくる。

旅行のとき、移動は原則的には制服だったけれど、上から羽織るものや、ホテル内での服装は自由だった。佐藤さんはそのときの私の服装や小物をほんとうによく覚えていてくれて、ひとつひとつあそこがよかった、ここがかわいかったと言ってくる。

おっとりとした口調で思い出混じりに楽しそうに語る佐藤さん。

「そう話す、この子もじゅうぶんかわいすぎー」

委員長が佐藤さんに抱き着きながら頭を撫《な》でていた。気持ちはわかる。

「わたしは、でも、お洒落《しゃれ》とか苦手で」

「そんなことないよー。ねぇ、綾瀬《あやせ》さん」

「ええと……まあ」

佐藤《さとう》さんはそのままで仕草からも漂う小動物系のかわいい子なのだ。

「でもでも、わたしも綾瀬さんみたいなセンスほしい」

「お洒落は実践あるのみ。綾瀬さんにくっついていけば教えてもらえるかもよ」

「それいいな」

「ねえ、弟子を取ってくれる気はある？」

「え、あの」

「服選びとか」

「それくらい、なら」

わあ、と委員長と佐藤さんはふたりしてまた抱きつき合っていた。

ふたりがふたりで盛り上がってくれるので、私は曖昧に相槌《あいづち》を打ったり、短い感想を言うだけで会話が成立してしまう。真綾《まあや》とはまたちがった気楽さがある。

自分の趣味と合わないことでも何となく会話を繋《つな》げる、というのに真綾との交友関係で慣れていたつもりだったけれど、今になって考えてみるに、あれは「繋げてもらっていた」

のではなかろうか。

つまり、私はひょっとして会話ぽんこつ人間だったのでは……。

短い休み時間を、私はぎこちないながらもどうにかふたりについていったのだった。


学校が終われば今日もバイトだ。

バイト先はもちろん浅村《あさむら》くんと一緒の書店。浅村くんはいちど帰宅してから自転車で駅前まで出てくる。私は学校からそのまま直行。

店に入ると、読売《よみうり》先輩が就活でしばらく来れないと聞かされる。

そのことを店長さんはさも重大事件のように語り、どういうことだろうかと私は首を捻《ひね》った。確かにあのひとは有能だけれども、新年度の始まりの頃よりはいくらかお客さんの数も落ち着いてきたように見えるのに。

その謎の答えは、お客さまから新刊の発売予定日を尋ねられ、調べていて明かされた。

雑誌や新刊の発売日が通常とずれている。

月末手前に集中していて、いつもよりも多い。そして4月末から5月頭にかけての入荷がない。

「あ、お休みだからか……」

ぼそりとつぶやいたら、同時にレジに入っていたベテランの正社員の女性が頷《うなず》いた。

「年末とかお盆に比べればマシだけれどね」

「じゃあ、今週のうちに棚を空《あ》けておかないとですね」

「そうそう。綾瀬《あやせ》さんもこの仕事に慣れてきたわねーえらいわー」

「ありがとうございます」

また褒められた。

今日は頑張ってきたことを褒められる日なんだろうか。

「まあ、だからせっせと返本を荷造りしないとね。読売さんがいれば、あのひと思い切りがいいから、どんどん空けてくれるんだけど」

図書館のように保存も目的である施設とちがって、新刊を置く書店では残りつづける本は、棚を間借りしつづける不良在庫だった。

とはいえどんな本も入荷して一瞬で捌《さば》けてなくなるわけでもない。探して探してようよう辿《たど》りついた末に残っていた一冊の本を感謝して買っていき、以後、店の常連となる客がいないわけでもない――と浅村くんが言っていた。

まあ、あまりいないんだけどね、とも言っていたけど。

そういうわけで、どの本を返してどの本を置いておくかに、店員の本に対する嗅覚というか目利きの力が試されるわけだ。

浅村《あさむら》くんがレジに入ってきたので、私はそのタイミングで売場へと出た。

店の中を回る。

平台の積み具合を確かめ、棚に視線を走らせ、空《あ》きがあれば補充をする。並び順がおかしくなっていれば並び替えるし、うろうろと探し物をしているお客さまを見つければお手伝いしましょうかと声をかける。

声かけだけはなかなか慣れない。私自身が店で声をかけられるのを期待しないタイプだからだろうか、余計なお世話をしているんじゃないかという気分が拭えない。それでも、任務の内容が決まっているならば私の口は開くし動くのだ。

私が苦手なのは——目的のとくにない会話なのである。

でも、場の人間関係を円滑に保つためには、雑談力というのは大切なのではなかろうかと思い始めている。教室でもそうだし。職場でも。

光沢を放つ磨かれた床を蹴りつけながら売場を周る。棚の空き具合をチェックしていた私は、知らないうちにビジネスノウハウ本のあたりに視線をさ迷わせていた。気にしているからだろう。上司と上手《うま》く話す方法だの、新世代部下とのコミュニケーションの方法だの、そんなタイトルの本がたくさん出ているような気がする。職場のコミュニケーションで悩んでいるひとが多いからかな。

実際、私も、新人バイトの大学生ふたりとロクに話せていないしなぁ。

居心地を悪くしてないか心配だった。

私もこの書店が初めてのバイト先なのだけれど、私は自分が「舐《な》められたくない」「侮られたくない」という想《おも》いの強い人間だという自覚がある。だから、世間で言われているようなパワハラ体質の上司などとうまくやれるだろうか？　と考えたら、やれる気がしない。キレてすぐに辞めてしまう可能性だってある。

つづけられているのは、浅村くんという身近で相談のできる知り合いが勤めていることが大きい。それとなにかと世話を焼いてくれる読売《よみうり》先輩のおかげも。

これがもし、誰も知り合いのいない勤め先だったら……。

失礼な相手とコミュニケーションなんてしたくない。

でも、仕事でしょって言われたら返す言葉もなくて。

「仕事かあ」

バイト上がりの時間になって、着替えを済ませて事務所に浅村くんとともに帰りますと挨拶に寄ったら、居ないはずの読売先輩が居た。

そこからしばらく就活の話になり、今のうちから考えておけと諭されてしまった。

帰り道、浅村《あさむら》くんと歩いているときも、知らず将来の仕事について考えていた。

私のやりたいことは何か？　職業という意味では具体的にはまだない。

書店バイトを経て他の人との連携なども学びつつあるとはいえ、やはり本質的には個人の力が重視される世界のほうが性格的には向いているのではないかとは思ってるけど。

読売《よみうり》先輩のように大学3年から就活を始めるとするならば、あと3年後までには何かしらを決めないといけないわけだけど。

3年しかないと考えるのか。まだ3年もあると受け取るか。

今の私は後者だった。だからこれは実感の伴わない机上の空論。3年後の自分を、私は想像することができない。

そもそも昨年までの私は個人主義を指針にしていた。

個人というものの意義や価値を認めて個人の自由や独立を尊重する立場——辞書を引けばそんなふうに個人主義は定義される。

つまり自分の考えや独立性を大事にするってことだと私は解釈している。

私には私の価値観があり、守るべき規範がある。それを私は自分で決めている。

もちろん独りよがりであってはダメなのだろうけど。他人に左右されたくはない。そう思ってきた。

でも、一日を通して浅村くんを近くに感じながらも話せなかったことに私は現に寂しさを感じている。教室でもバイト先でも視線を交わすだけ。彼の言葉を聞きたい。ぬくもりを感じたい。そうでなければ自分の足下が崩れていくような気さえする。

……これが本当に個人主義者の感情なんだろうか？

我が家のマンションの明かりが見えてきたときにほっとしてしまう。帰るべき家を見つけたさすらい人の気持ちはこんな感じなんだろう。

私は大学に入ったら母の元を出て独り暮らしを始めるつもりだったのに。

「就職かあ」

エントランスが見えたときにつぶやいた言葉は春の終わりの風の中に溶けて消えた。

玄関の扉を開ける。

家の中が静まり返っているのはお母さんも太一《たいち》お義父《とう》さんも居ないからだ。

4月になってからというもの、休日を除けば家族4人で一緒に食事を摂《と》る機会が激減していた。

太一お義父さんは忙しすぎではないだろうか。体を壊さないと良いのだけど……。

浅村くんとふたりで夕食の支度をして、ふたり向かいあって食べる。

　朝は慌ただしいから、ふたりがゆっくり話せるのはこの夕食時だけということになる。ほとんど会話の機会がなかったぶんを取り戻すように私たちは会話を重ね——ようとするのだけれど、どうしてだろうか、こういうときに限って言葉が出てこない。

「今日のお味噌汁《みそしる》、どう？」

　どう、と訊《き》かれても困るだろうに、律儀に浅村《あさむら》くんは感想を言ってくれる。

「ん。なめこと赤だし味噌って合うよね。美味《おい》しい」

「よかった」

「お味噌は買ったの？」

　私は頷《うなず》いた。

　いつもは関東でいちばん楽に手に入る米味噌を使っているのだけれど、なめこと言えば赤だしだろうと、わざわざ味噌の種類を変えて作っている。

「赤だしって何がちがうんだっけ？」

「大豆に豆麹《まめこうじ》を加えて作るのが豆味噌。赤だしは豆味噌に米味噌とだしが加わっている」

「へえ」

「麦味噌は麦麹。米、豆、麦。お味噌はたいていこの3つのどれかだと思う。赤だし味噌の本場は東海地方だけど、昔はともかく今はふつうに関東でも手に入るから」

スーパーでも買えるし、いざとなったらネットスーパーがある。通販だと全国の味噌が買い放題だ――買わないけど。凝り始めたらぜったい日本全国味噌汁祭りをやらかす自信がある。だって浅村くんぜったい喜んでくれるし。

ちなみに本日の具はシンプルに豆腐となめこだけだった。

豆腐は小さく賽《さい》の目《め》切り。つまり小さな立方体だ。みつばがあればそれも細く切って入れたいところだけど、生憎《あいにく》と今日は用意していない。

「なめこは食感と喉越しがいいんだよな」

「噛《か》むとぷちっとするし、喉を通るときはスルって入っちゃうよね」

うっかりすると噛まずに喉の奥に行ってしまうからちょっと怖いけど。

「ご飯にも合うし」

「そういえばこの前、ネットのレシピでなめこの炊き込みご飯って見つけて――」

しばらく炊き込みご飯の具で盛り上がったけど、そうじゃなくて。なんだろう、こういう話もいいんだけど、もっとこう……。

「ごちそうさまでした。美味しかった」

はっと顔をあげると、浅村くんが両手を合わせてこっちに向かって頭を下げているところだった。慌てて私も「どういたしまして」と返した。まあ、料理はふたりで作っているわけだから、私も食べ終わったら同じことをするわけだけど。

そうじゃなくて、なんだろう、このかゆいところをかけなかったような気分は。

食事を終えて後片付けもふたりで済ませる。

それぞれの部屋に籠ってしばらく勉強してからお風呂に入った。ゆっくりと湯に浸《つ》かりながら、夕食時の会話を思い出してみる。それからここ数日の話題もあれこれと。

浅村《あさむら》くんと会話したくて仕方ない。その気持ちは確かに強い。

でも、よく思い出してみればバイト帰りはたいてい一緒に帰っている。なのに、彼の隣を歩いているときはあまり話をしていた記憶がない。大通りを歩いているときは人目があるからと気をつかっているのもあるけれど、マンションへと向かう小路《こみち》に入った途端に、じゃあマシンガントークになるかと言えば、むしろ口数は逆に減ってしまっていた。今日は読売《よみうり》先輩の言葉に引っ張られて就職のことを考えていたからってのも——。

そうじゃない。だったらなおのこと、それを話題にしたってよかったはずでしょう?

夕食のときもそうだし、それを言ったら最近はお母さんも太一《たいち》お義父《とう》さんも帰りが遅いわけだから、帰宅してから幾らでもしゃべる時間はあったはず……。

「もうちょっと、お話ししたいな……」

湯船に浸かりながらこぼした言葉を湯面を叩《たた》いて散らした。自分の会話スキルのぽんこつさに嫌になる。トークデッキに蘊蓄《うんちく》しか仕込んでないじゃないか。

風呂から出て着替えを済ませると、私は体を冷やさないように一枚上掛けを羽織ってからキッチンへと向かった。

湯を沸かし、ミルクを温めてミルクティーを作る。ふたりぶん。

ふたつのマグカップを片手でもって、空《あ》いた手で浅村くんの部屋の扉を叩く。

返事を確認してから扉を開けた。カップを両手に持ち換え、部屋に入る。

差し入れのミルクティーを机の上に置く。

「ね、今日さ。浅村くん、吉田《よしだ》くんと何か話してたよね」

私は話を切り出した。

口にして改めて気づくのは、私はこういう話をしたかったんだなってこと。

浅村くんのふつうの日常をもっと知りたかったのだ。今日一日何があったのかを共有したかったし、私の今日も彼に知ってほしかった。彼を知りたかったし、私を知って欲しかった。

私は、自分をおしゃべりだと思ったことはない。どちらかといえば、あまり自分のことなんて話すタイプではなかったし、他人について知りたいという気持ちは薄かった。

そういうのが好きだったら、もっと小説の登場人物の気持ちへの理解だって察することができるようになっていただろう。

それなのに浅村《あさむら》くんとの会話は止まらない。会話がうまく始まれば自然と口数が多くなっている。そうなるまでが大変なだけで。……去年までとは違う。浅村くんが相手だと私はこんなにもお喋《しゃべ》りになる。本当に今の自分は自分らしいだろうか？　こんな益体もない会話をするのは浅村くんは嫌かも。だってこれってただの雑談じゃない？　私は付き合いの良い彼に甘えすぎでは？

自制しなければと思っても自分の行動を止められない。

「教室でも、もっといっぱい話したい。もっと近くにいたい」

つい、そんなことを言ってしまった。

とやかく言われるのが嫌だから学校ではあまり会話をしないようにしよう、そう決めたのは自分なのになぁ。私って勝手だ。

浅村くんは、自然にしよう無理に隠すのはやめよう、と言ってくれたのに、その「自然に」を私はつかめないでいる。いつもの自分――他人の目を気にする自分が顔を出して人前では自制してしまう。そのくせ、ふたりきりになると過度に甘えている。

キスまでねだってしまい、私は心の中で恥ずかしさを感じた。

だから甘えすぎだってば。

逃げるように自分の部屋に帰り、布団の中へと避難する。

唇を指でなぞれば口づけの余韻が蘇《よみがえ》って頬《ほお》が熱い。抱きしめられたときの彼の体温を思い出して布団の中で身もだえしてしまう。じたばたと。

会話を重ねれば重ねるほど、温《ぬく》もりを求めて抱きしめあえば抱きしめあうほど、キスをすればキスをするほど。

まだ足りない――と、そう感じてしまう自分がいた。

その一方で、頭の片隅で何か警報のようなものが鳴っている。

今まで守ってきた綾瀬沙季《あやせさき》という容《い》れものが壊れてしまいそうで。

布団の中にみの虫のようにくるまって。暗い部屋の中、見えない壁の向こうを見ようと目を凝らしたけれど。

綾瀬沙季と浅村悠太《ゆうた》の適切な距離というあやふやなものはどうしたって見えてこないのだった。

●4月20日（火曜日）　浅村悠太《あさむらゆうた》

自転車をマンションの駐輪場へと留め、LINEで帰宅を綾瀬《あやせ》さんに告げる。

【お帰りなさい。お義父《とう》さんに言っておくね】

間髪を入れずに戻ってきた返信を見て、今日は早上がりできたのかと俺は密《ひそ》かに親父《おやじ》を尊敬してしまった。

木蓮《もくれん》の白い花が咲くマンションの花壇を横目にエントランスを通りエレベーターで自分の家のある階まで昇る。

「親父、無理しないでいいのにな……」

連日のように深夜0時を回ってから帰ってくる親父が、今日は夕飯を作るために仕事を早めに切り上げて帰ってきている。

4月から我が家の食事の分担が変更されたからだ。

もともと分担制ではあったものの、綾瀬さんや亜季子《あきこ》さんの厚意で旧綾瀬家側の担当日が多めに設定されていた。

夕食はバーテンダーの仕事に出かける前に亜季子さんが作り置いてくれるものの、朝食は綾瀬さんが作っていた。さらに俺と一緒にバイトを始めてから帰宅時間が一緒になることも多かったから、その作り置いてくれている夕食を、綾瀬さんがさらにひと手間入れて作りなおしてくれることも多かった。

つまり、明らかに綾瀬さんの負担が大きい。

それで昨年の終わり頃から俺も手伝えるところは手伝うようにしていたわけだ。

そうしたら親父が、「そろそろ君たちは受験生なのだから」と言って、4月から料理の分担を見直すことになった。

そして親父は平日も自分が持ち回りで夕飯を作ると言い出した。あの齢《よわい》までレトルトと出前に頼ってきた人がだ。毎週火曜日が親父の担当になった。その他の平日は亜季子さんが2日、綾瀬さんと俺が1日ずつ。土日は亜季子さんと親父がふたりで作ることになった。

その土日で、親父は亜季子さんから料理を教えてもらっているというわけだ。

今日が3週目だから、平日における親父単独の料理当番も3回目ということになる。

ただ……そう決まった途端に親父の仕事が忙しくなってしまったわけで。仕事（あるいは勉強）と家事の分担というのは難しいものだなと改めて思う。本当にきつそうになったら俺が代わるなり、分担を見直すなりしたほうがいいだろう。

「ただいま」

玄関の扉を開け、中に声をかける。

親父《おやじ》と綾瀬《あやせ》さんの返事がほぼ同時に聞こえてくる。

ダイニングへ続く扉を開けると、綾瀬さんはすでに席に着いて布巾でテーブルを拭いていた。

「ちょうどできあがったところだよ。手を洗っておいで」

了解の返事をしてから俺は自室に鞄《かばん》を放り込む。

洗面所を経由してからダイニングへと戻ったのだが、すでに炊き立てのご飯も味噌汁《みそしる》もよそってあるし、箸も目の前に揃《そろ》えてある。用意が完璧にできていて、俺のできることは食べることだけになっていた。しかたなくそのまま席に着く。

「じゃあ、食べようか。いただきます」

親父が促して、俺と綾瀬さんもいただきますを言った。

今日のメニューは……野菜炒《いた》めとごはんと味噌汁だ。

野菜は定番のキャベツ、ニンジン、もやしの3種。肉は豚肉。大皿にどかっと盛ってあって手元の取り皿に自分で食べるぶんをもってくる感じ。綾瀬さんは皿に野菜を多めによそっていったが野菜好きなのかダイエットをしているからなのかはわからない。聞くつもりもないし。

「どう?」

親父がおそるおそるという感じで料理の感想を訊《き》いてくる。

「もうすこし塩気を抑えてもいいかも」

　普段、綾瀬さんが作るものよりも塩辛く感じたのでそのまま感想を口にした。親父にはふつうの味に感じられているのだろうか。疲れている人間は塩気を欲するものだから、もしかしたら疲れが溜《た》まっているのかもしれない。だとすると心配だ。

　ここで味付けについて気の利いたアドバイスのひとつでもさらりと言えればいいのだが、親父と料理の経験では大差のない俺では上手《うま》い言葉も思いつけず、そっけない感想だけになってしまった。

「そうかあ……」

　がっかりした顔になる親父。ごめん。

　綾瀬さんがすかさずフォローを入れてくれた。

「美味《おい》しいですよ。キャベツもシャキシャキ感が残ってますし」

「そうかあ！　うん、そこは亜季子《あきこ》さんに言われてちょっと気をつけてみたんだよ」

「ええ。これなら充分です」

「うんうん。お代わりはあるからね」

「はい。ありがとうございます」

俺が褒めるより親父《おやじ》は嬉《うれ》しそうだった。

褒める役割は綾瀬《あやせ》さんに譲ったほうがいいかもしれない。そして綾瀬さんはアドバイスも忘れなかった。

「えと、味見って、料理全体から見ると、ちょっとだけしかしないですよね」

「うん？　そう、だね」

「でも、塩分って食べていると体のなかに蓄積していくんです。だから、レシピの分量で充分なんですね。味見で足りないかなって思っても足さなくてＯＫです。味見のときの何倍も実際には食べることになるわけですから。スープなんかと同じですね」

「確かにスープも軽いと思って飲んでると、途中から思ったよりも重くなってきて飲み切れなくなることがあるね」

親父は綾瀬さんの言葉に素直に頷《うなず》いた。

料理に関しては綾瀬さんのほうがアドバイスも適切なので、傍《かたわ》らで聞きながら俺も頭の片隅に置いたメモ帳へと刻みつける。

現時点での俺と親父の料理の腕を比べるならば綾瀬さんの料理を手伝っている俺のほうがやや上だった。けれど、親父は土日を使ってみっちり亜季子《あきこ》さんに叩《たた》き込まれているらしいから、早晩、抜かれる可能性はあった。俺が親父の料理にツッコミを入れられるのは今だけかもしれないな、とは思う。

夕飯を終えると綾瀬さんは入浴へ。

俺はどうしよう。部屋で本でも読もうか、それとも明日の予習を先に済ませようか。

自室に戻ろうとして、ふと昨日の読売《よみうり》先輩の言葉を思い出した。今のうちから進路について考えておいたほうがいいという、あの忠告だ。

就職先、か。

目の前で親父がのほほんとした顔で食後のお茶を飲んでいた。

まさに昼行燈《ひるあんどん》という感じだが、これで同じ仕事を二十年近く続けてきているはずだった。過去に転職したという話は聞かないし訊《き》いた覚えもない。親父はどういう経緯で今の会社に勤めることになったんだろうか。

「親父。珈琲《コーヒー》、淹《い》れるけど、飲む？」

「おお、いただこうかな」

もう夜だけど、これからする話はしっかり頭の冴《さ》えた状態でしたかったからこその珈琲。夜なのにと疑問を呈さず付き合ってくれたあたり、親父もうすうす何か俺が話したがっているのを察してくれたのかもしれない。

湯を沸かし、ドリッパーで2杯分の珈琲を淹れる。親父と自分のカップを湯で温めてから淹《い》れたコーヒーを注いで親父《おやじ》の前に座った。

「はい」

「ありがとう」

「親父。そういえばさ。親父の仕事についてちゃんと聞いたことなかったけど——」

湯呑《ゆのみ》をカップに持ち替えて立ち昇る香りに目を細めていた親父が「ん？」という顔で俺を見る。

俺が、大学受験が近づいているのもあり将来を考え始めていること。いろいろな職業を知る一環で親父の話も聞きたいと話すと、親父は驚いたような顔をしてから表情をほころばせた。自分の仕事に興味を持ってもらえたことが嬉《うれ》しいらしい。やや体を前のめりにして話し始めた。

「どこから話そうか」

「ええと……そもそも、親父って最初から今の仕事だったの？」

「会社が同じか、という意味ならそうだよ。イマドキだと珍しいかもしれないけどね」

そうなのか……。

「生涯つづけられそうな仕事に、一発で出会えるほうが珍しいと思わないかい？」

「……そもそも仕事をしている自分が想像できないんだけど」

そう返したら、真顔になって「そりゃ、僕もそうだったよ」と言われた。

親父の勤めている会社は、都内に本社を構える食品メーカー（ここまでは俺も知っている）だった。現在はそこで商品企画部の課長をやっているそうだ。

へえ、課長だったんだ、と、言ったら、「一応ね」と返された。実の父の役職を初めて知るというのは息子としてどうなんだって気もするが、親父はあまりその手のことを家で言ったりしないタイプだからなぁ。

「でも最初は企画屋じゃなかった」

「そうなんだ」

「勤め始めた頃は営業だったんだよ。前にちらっと話したかもしれないけど」

そういえば、そんな話を聞いたような気もする。だからそれなりに身なりに気を使っていたよ、とか。

「営業って、大変って聞くけど」

「大変じゃない仕事はないと思うけどね。僕はまあ人見知りするタイプだったからね」

ひとみしり……って、なんだっけ。人見知りの概念をひっくり返してしまいそうな親父の言葉に思わずツッコんだら苦笑された。

でも、口下手が、酔って介抱してくれた女性にそのままお付き合いを申し込んで結婚まで漕《こ》ぎつけられるものなのかって気もするし。

「そうそう、だから営業で鍛えた売り込みスキルを駆使してさ——って、いやいやちがうから」

息子にノリツッコミを返す親父《おやじ》。俺よりメンタルが若々しいかもしれない。

「僕は、若い頃はシャイで内気で口下手だったんだよ。三十年近く前になるけどね」

「そうは見えないけど」

「まあ、当時の先輩に散々しごかれたからねえ。卸売店や量販店——量販店って言われてもわからないかな」

「商品を大量に仕入れ、大量に安く販売する店、って出てくる」

スマホでその場で調べたところ、辞書的にはそんな感じっぽい。

「たとえば、どういう店だと思う？」

「スーパーとか百貨店？」

俺の答えに親父が頷《うなず》いた。当たっていたらしい。

「あとまあ、飲食店とかも回る。営業をかけに行くわけだ。ひとつひとつのお店に出向いて、頭を下げて、今度こんな商品が出るんですけど、とか、うちの商品を置いてくれませんかって」

「へえ……」

よくわかってないので曖昧な返しになってしまう。

「もちろん、頼めば即ＯＫになるわけじゃない。というか、ならないほうが多い。話を聞いてくれる前に門前払いになることも多いし。ほら、駅前でチラシを配っている人、いるだろう？　あれ、受け取る人のほうが少ないでしょ」

「俺も受け取らないほうだなぁ」

「はは。まあ、そういうものだね。仕入れ先が長年固定されている店も多いし。そういう店に、自分の会社の品に切り替えませんかって頼むのはなかなか大変なんだよ。横から割り込むわけだしさ。うまく売り込みに成功しても、というか成功すると、切り替え以前の会社の営業からは恨まれたりもする」

「うわぁ」

「商品をプレゼンするために、実際に先方の担当者の前で調理してみせるなんてこともあったりしたなぁ」

「調理って……。えっ、親父が料理するの？」

意外だ。だったら、俺よりよほど年季が入ってるじゃないか。

「料理ってほどじゃないけどね。加熱したり湯煎したりするだけだから。調理スキルはいらなかったんだよ。でも、お偉いさんの前でやるわけで、失敗したら嫌だなぁって緊張しっぱなし。そんなことを十年くらいはやってたかな」

「けっこう長くやってたんだね」

俺が生まれた頃はまだ営業職だったわけだ。

「まあね。自分が提案した商品が棚に並んだところを目にする瞬間はすごく嬉《うれ》しくてね。頑張って良かったと思えたもんだよ」

親父《おやじ》が感慨深そうに言った。

「いいね、そういうの」

「ただしその後に問題が起きたらクレームはぜんぶ営業のところに来る」

コミュニケーションスキルや、営業先へのきめ細かいケアも必要だったりして、かなり気疲れした、と遠い目になって語ってくれた。

聞いていて、俺は自分にはできなそうだなぁと思ってしまった。

「商品を押せ押せで売り込むとか無理そう」

ついそんなことを言ったら、親父は静かに首を横に振った。

「ちがうよ、悠太《ゆうた》。押しつけるのは営業とは言わない。それは押し売りって呼ぶんだ」

「うん……。そう、か。そうかも」

「売り込むには自分の会社の製品の良い所も悪い所もわかってないといけない。取引先を損させれば周りまわって損するのは未来の自分の会社だから。欠点を隠して付き合っても長続きしないものだろう？」

「長所がなかったらどうするの？」

「売れないものを売ってしまう営業マンもいないとは言わないけどね。僕はそういうことは苦手だし、長い目で見ればそれは会社にとって損だとも思う。それに長所と短所なんて物の見方次第でもあるんだよ。人間の性格だってそうだろう？　良く言えば慎重、悪く言えば臆病、とかさ」

なるほど。

「同じ性質が相手によって長所に見えたり短所に見えたりするってこと？」

「そうそう。だから相手にとって良いと思ってもらえるところを探す。物も、人も、付き合いつづけられるかどうかは、求めてくる相手との相性の問題とも言えるかな。身も蓋もなくなっちゃうけどね……」

最後にすこし苦みを含んだような口調になった。商品と売り込み先の話だったはずだけれど、もしかしたら何か別のことが頭を過《よ》ぎったのかもしれない。

「その上で、思わず推したくなるような製品だったら嬉しいね。そういう製品を売り込むときは熱も入る。これは良い物だから、絶対に相手にとっても得なはずだ。確信がもてているときのほうが僕は営業成績もよかったな」

そう言ってから、親父《おやじ》は珈琲《コーヒー》を口に含み、しばらく黙っていた。

食卓に置いてあったポーションタイプのミルクを取って、プチっと端を折って開けるとカップに垂らす。太い指で挟んだスプーンで軽く混ぜる。くるくると白いミルクが渦を巻いた。それをすすりながら親父は話を続ける。

「まあ、そういうことがあって、僕はその『推したくなる商品』というのを目の当たりにして作るほうに興味が出てきた」

「あ、なるほど。それで商品企画部に？」

「ちょうど、やってみないか、と誘われてね」

話が逸《そ》れたな、と言いながら親父は「つまり――」と言葉をつづけた。

「営業っていうのはさ、知らない他人と新しくお付き合いを始めるような仕事だと僕は思ってるわけだ。ごり押しじゃ続かないだろう？　悠太《ゆうた》だったら悠太ならではの懐への踏み込み方もあると思うから、できないとは僕は思わないな。悠太の好きな道を選べばいいと思うけど、選択肢として簡単に捨てることはないさ」

そう聞いたからといって即、営業も面白いなと思ったわけじゃないし、自分に向いてい

 るとも思えなかったけれど、それでも大いに参考になった。普段だと親父にはけっこう聞きづらい話だったし。

親父に礼を言ってから自分のカップを抱えて部屋に戻った。


開いた本の上を視線が滑る。

文字が文字として判別できなくなって、書かれている文章の内容がちっとも頭に入ってこなくなる。気づくとぱたりとページが閉じていた。

時計を見ると、もう十一時を過ぎている。

「寝るか……」

ベッドの上の布団をまくりあげると、内布団の代わりにしているタオルケットが足元に沈み込んでいることに気づいてやれやれと整え直した。4月も終わりに近づいて羽毛布団は押し入れの中に仕舞《しま》い込《こ》まれ、今はタオルケットの上に掛け布団という仕様になっているのだけれど、このふたつの相性がよくないらしくて、寝ているうちに内側の布が滑って足のほうにいつの間にか畳まれてしまうのだ。

けっして俺の寝相が悪いからではない——と思う。

めくりあげた布団の中に滑り込もうとしたところで小さなノックの音が響く。

　返事をすると、かすかに扉が開いて隙間から綾瀬《あやせ》さんが声を掛けてくる。二日つづいては珍しかった。

「いい？」

「もちろん」

　綾瀬さんは細く開けたドアから体を滑り込ませると後ろ手に鍵をかけた。

　そのことが却《かえ》って親父《おやじ》がいま家に居ることを思い出させてしまう。最近だったら、あと三十分はしないと帰ってこない。そんな時刻だった。自分の心拍数がわずかに上がるのを意識してしまった。

「もう寝るところだった？」

「うん」

「迷惑なら、明日にしておくけど」

「いや、大丈夫だよ。どうしたの？」

　ちょっと心配になる。

「えっと、ね。特に用事があるわけではないんだけど……」

　言いながら中に入ってくると、ベッドの上に横座りになっていた俺の隣に座った。

「今日も一日ほとんど話す時間なかったなって」

綾瀬さんは今日はバイトに入ってない日だったから、帰りを一緒に歩くということもなかったわけで、言われてみれば昨日以上にふたりが共にいる時間は短かった。

「じゃ、ちょっと話そうか」

「うん」

綾瀬さんはぽつりぽつりと今日の出来事を話し始めた。俺もときおり相槌《あいづち》を打ちながら自分に起こった出来事を伝える。といっても、ふつうの高校生に大したイベントが起きるわけもなく、俺は今日も吉田《よしだ》とすこし話したくらいで。ああ、そういえば――。

「昼に久しぶりに新庄《しんじょう》と話したよ」

「新庄くん？」

「購買でたまたま会ってね。中庭のとこにベンチあるでしょ。買った昼飯をあそこで食べながらさ」

水星《すいせい》高校は校舎と第2校舎（化学室とか調理実習室とか、特別な器具を必要とする教室だけが集まっている建物だ）が並んで建っているのだけれど、間に挟まれた敷地はちょっとした庭になっていてベンチが置かれている。冬は日陰になるし木枯らしが吹き抜けるので寒すぎるのだけれど、この時期はぽかぽかと良い天気だとまるで喫茶店のテラス席のようなのでベンチは争奪戦である。今日はたまたま空《あ》いていた。

「一緒にお昼ご飯。いいなあ」

「まあ、特に何か話したわけじゃないけど」

「それでも、うらやましい」

「夕食は一緒だったような？」

新庄《しんじょう》とは今日たまたま昼を共にしただけで、綾瀬《あやせ》さんとは基本的に毎日、朝食と夕食を一緒に食べている。けれど、綾瀬さんには俺の返事がご不満だったようで。

「隣り合わせじゃないし」

そこですか。

食卓の並び順はそこまで厳密に固定されているわけではない。だから綾瀬さんと隣り合わせになることもないわけじゃなかった。けれど、キッチンに立つ頻度の高い綾瀬さんと亜季子《あきこ》さんが流しに近い側に、その向かい側に俺と親父《おやじ》が座ることが多い。

「並んで座って。ときどき肩が触れたりして」

「いや、ぶつからないから」

「うらやましい」

「新庄とだよ？」

「いいなあ」

「俺は、肩がぶつかるなら綾瀬さんのほうがいいってば」

「ほんと？」

ほんと、と言いながら、軽くぽんと肩をぶつけてくる。

一日ほとんど話す時間すらなかったからか、スキンシップを求めているのだろうと察せられる。とはいえ、こういうことはすれ違ったら問題でもある。果たして世間の恋人同士というのはどうやって意思確認をしているのか。

俺も綾瀬さんも、暗黙の了解という、いわゆる空気を読む系統のことは苦手なたちだ。

パラワンビーチの吊り橋《つばし》の上では出会えた嬉《うれ》しさからか、そのまま抱きしめあってしまったものの、それ以降はあんなにはっきりと綾瀬さんの体温を感じた覚えもない。

怖くもあった。

そっとささやく。

「抱きしめていい？」

私も言おうと思ってた、と綾瀬さんがしがみつくように俺の胸元に体重をかけてくる。

予想できないタイミングで重みがかかったので、バランスを崩してそのままベッドに倒れてしまった。

「あぶないって」

言いながら俺は綾瀬《あやせ》さんを支えるように腕を回した。感じたぬくもりを離したくなかったというのもある。

胸にうずめている綾瀬さんの表情は見えない。けれど肩がわずかにふるえているような気がした。「どうしたの？」と尋ねるけれど、うずめた頭が左右に揺れるばかりで、綾瀬さんは何も言わなかった。ただ、しがみつく手の力がほんのすこし増している。

綾瀬さんの背中に回した自分の腕からぬくもりを感じた。

「あたたかい……」

ぽつりとふたり同時に漏らした言葉がまったく同じだったので、そのことに妙に感動してしまう。ああ、いま、彼女と同じ気持ちなんだなって。

その一方、俺の頭の片隅ではかすかな違和感も感じている。

出会った頃の、互いに干渉をしないようにしましょう、と距離を取るような言動をしていた頃の彼女を思い出す。

綾瀬沙季《さき》はこんなにもスキンシップを求めるような人物だっただろうか。

そして自分もまた、こんなにも触れ合った相手を離したくないと思うタイプだっただろうか。

綾瀬さんの腕が俺の背中に回され。

俺も彼女を両腕で抱きしめる。

初夏も近いからと控えめにしていたエアコンの風が綾瀬《あやせ》さんの髪をかすかに揺らしている。温風とはいえ湯上りの体に直接当てるのはまずかろう。タオルケットをかけてあげると、綾瀬さんは小さな声でありがとうと言った。

抱きしめた柔らかな感触に安らぎを覚え、そのままどちらからともわからないまま眠ってしまった。

●4月20日（火曜日）　綾瀬沙季《さき》

耳の奥にこだましている、ざらついた感触の音の波。

ヘッドフォンから流れてきているのは、古いアナログ記録媒体から聞こえてくるかのような、ちょっとノイズが混じった曲たちだ。雑念を押しのけて目の前の文章に私を集中させてくれる。

ローファイ・ヒップホップを聴きながら、私が今取り組んでいるのは、月《つき》ノ宮《みや》女子大の過去問だった。

「当てはまる適切な語を選べ……か」

want と、desire……このどっちかだよね。

どちらも大雑把《おおざっぱ》には「欲する」という意味だけれど、desire のほうがより強く欲しているときに使われるのは覚えていた。want のほうが口語的で軽い。必要なものが足りていないので欲しい、みたいなニュアンスと言えばわかるだろうか。desire はもっと強く欲しているときに使われる。性的に欲求するという意味合いが加わったりも。そういえば、古い日本のポップスにそのままなタイトルの曲があったような――じゃなくて。

私は前後の文章を読み、当てはまりそうな単語を選ぶ。

それから携帯の時刻を確認した。

午後7時33分。いつもなら夕食を作っている時間だった。けれど今夜は太一《たいち》お義父《とう》さんが夕飯当番の日だから勉強に集中できる。

食事の支度は、お母さんが居ないときはなるべく自分がやると言ってきた。母とふたり暮らしだったときはそうするしかなかったわけだし。それを、『受験生』ってことを錦の御旗《みはた》にして減らしてしまうのは正直に言えば気が引ける。

しかも今日はわざわざそのために早めに仕事を切り上げて帰ってきてくれたというのだから申し訳ない気持ちでいっぱい。けれど同時に、助かるとも思ってしまう自分が居て。これくらい両立できないのかと歯がゆさも感じてしまう。

ところでどうでもいい話だけど、錦の御旗っていうのは、きれいに色をつけた絹の織物を使用した旗で、鎌倉時代あたりから官軍のしるしとして用いられている旗を指すらしい。要するに大義名分を掲げることをそんなふうに言う。まあ、こんな言葉を日常で使うことはないと思う。私も歴史を勉強しているときに出て来なければ覚えなかったもの。浅村《あさむら》くんは、時々日常語にことわざやら故事成語やらがふつうに紛れ込ませてくるけど。

彼はちょっと蘊蓄《うんちく》マニアなところがあって……。

「っと、いけない。つづきを――」

余計な雑念をふたたびローファイ・ヒップホップで追い出した。それから口の中が渇いていることに気づく。潤そうと、紅茶を求めてカップを傾けたが、口の中に何も入ってこなかった。いつの間にか空っぽになっている。

それでついに集中力が切れてしまった。

すこし休憩にしよう。

椅子から降りて、ぐっと天井に向かって伸びをする。軽く体操をしてから私は椅子へと座り直した。過去問を載せている赤い本をぼんやりと見つめる。私が受けようと思っている大学の。

ふと、読売《よみうり》先輩が昨日言っていた就活話を思い出した。

スマホを手にして、月《つき》ノ宮《みや》女子大の卒業生の進路について調べてみる。

「月ノ宮女子大　卒業後の進路、と」

検索窓にそれっぽいワードを放り込んでチェックしてみると、大学の公式HPを見つけた。卒業後の進路についても載せてある。

2割ほどが大学院に進学、2割が教職、残りが公務員やら一般企業……まあ、そんな感じのようだ。もっと詳しく載せているサイトも見つかったけれど、学部による差が多少あれど大きく比率は変わらないみたい。

「大学院に進む人が1割から2割か……」

調べたかぎり女子の平均は5から6%なので、他の大学に比べて割合は多いようだ。

学究肌の生徒が多いということなのだろうか。脳裏をよぎったのがオープンキャンパスで出会った工藤《くどう》准教授の顔だった。

「あの人が会社で働いているところって想像できないし」

いや、いまは工藤先生のことを考えてる場合じゃなくて。

それを言ったら、私はどんな会社だったら雇ってもらえるんだろう。

就職先かぁ。

自分の大学卒業後の進路なんて正直言ってまだピンとこない。家を出て自立しようとしているわけだから、どこか企業に勤めなきゃとは思ってる。でも、勤めるとしたらどんなところがいいんだろう。

公務員？　それとも一般企業の会社員？

一般企業……って何だ？

一般とだけ書かれてあっても、さっぱりわからない。大きな区分けじゃなくて、もっと具体的に知りたかった。

さらに詳しく辿《たど》ってみると、就職先の企業名を載せているサイトが見つかる。

ふむふむ。食品関連企業、ＩＴ系、出版、広告代理店、外資系の経営コンサル、銀行、証券会社……と、卒業生の就職先には誰もが知るような名だたる企業の名前が連なっていた。大学の宣伝の為《ため》ということもあるのだろうけれど、名のある国立大学だけあって、高年収の企業への就職を実現した人はそこそこ多そうだった。

まあ、就職先を選んだ理由が収入だったかどうかは本人に訊《き》かなければわからないのだけど、私の関心はそこにあるので。

では、院を卒業した場合はどうだろう。

そっちはそのまま専門職へと進んだ人たちのインタビュー記事を見つけることができた。工藤准教授のように大学に残り研究の道へと進んだ人もいれば、臨床心理士になった人、医療系のエンジニアになった人など、こちらもこちらで様々で、人生の道の多様さに眩暈《めまい》がしてくる。

えっ、みんなどうやってそんな自分に合う職業を見つけてきたの？

「あ、こんな人もいるんだ」

インタビュー記事の中に「デザイナー」と冠された人のものを見つけた。

髪の内側を明るい色に染めたボブカットの女性の写真が載っている。

芥子《からし》色のジャケットの下に黒のニット。細いシルバーの首飾り、耳にはアシンメトリーなイヤリング。

かっこいい、と思った。

こういうの、どこで売ってるんだろう。

……彼女のファッションについてはちょっと置いておこう。

つづきを読んでみると、彼女の専攻は心理学だったらしい。

心理学からデザイナー？

まるで畑違いに見えた。

デザイナーだったら美術系の学校出身がふつうじゃないかと思い込んでいたので、意外に思える。

そもそも、彼女は日常生活におけるストレスと色彩の関係に興味があったらしい。そこから心を癒《いや》すデザインについて研究を進め、着る服が人間に対して及ぼす心理的な効果について考え始めた、と。

お気に入りの服を着ると気分がアガる、みたいな感じ、かな。

そして元々ファッションに興味があったことも手伝って、自分で服のデザインまでするようになった、と書いてあった。

専攻とは異なる分野に踏み込んでいくなんて勇気ある。自分だったらできるだろうか。

私も、自分の外見を武装として意識するにあたって、ファッションは日常的にチェックしてはいて、習い性となってしまっている。

街を歩いていて、ブランドショップを見つければショーウィンドウは必ず覗いているし、すれちがう人たちの服装は靴から髪型まで頭の中に刻みつけるようにしている。変わったコーディネートを見つければ、ファッション誌を漁《あさ》り、どの組み合わせを参考にしたのかを考える。

そんなふうに着こなしについてならばすこしは考えたこともある。

さっきだって無意識に、この人の写真を見てまず服とアクセサリの組み合わせについて目が行ってしまった。

それでも進路として考えたことはなかった。自分のファッションに対する知識なんて、素人に毛が生えたようなものだと思っているから。

ましてやデザインなんて。

この人は、そんな分野ちがいのところに踏み込んでいく勇気をどこからもってきたんだろう。

なんて考えていたら太一《たいち》お義父《とう》さんに名前を呼ばれた。はっとなって顔をあげる。

夕食ができたらしい。時計を見ると、8時に近かった。

返事をしてダイニングへとつながる扉を開ける。お皿を並べ始めていたので慌てて手伝う。それくらいはやらせてください。

ご飯をよそっていると浅村《あさむら》くんもちょうどバイトから帰ってきた。


「いただきます」

私たち3人──私と浅村くんと太一《たいち》お義父《とう》さんは夕食に取りかかった。

テーブルの中央にはこの家でいちばん大きな皿に盛られた豚肉の野菜炒《いた》め。各自の席の前にはごはんと味噌汁《みそしる》だけ。シンプルだ。

菜箸を使って自分の手元の小分け皿に野菜炒めをもってくる（今だったらもう気にしないのだけれど、私がこの家に来た当初は直箸《じかばし》を避けていたことを、太一お義父さんは覚えていてくれていたのだ）。肉は少なめだけどそれでいい。

野菜は基本の三種。キャベツの緑、ニンジンの赤、もやしの白（というか黄色？）と色味もきれいで食欲をそそる。自分の箸に持ち替えて野菜をつかまえて口へと運んだ。ほわりと口許《くちもと》に熱を感じる。作りたてのよいところだ。温かさが残っているけど、熱いというほどではないのも嬉《うれ》しい。

キャベツを噛《か》んだときにしゃくりと歯ごたえを感じた──うん、美味《おい》しい。葉物は炒めすぎるとしんなりとしちゃって瑞々《みずみず》しさが消えてしまう。炒め加減がちょうどいい。

もぐもぐと口の中で咀嚼《そしやく》を繰り返してから喉の奥へと送る。

自分の味付けとはもちろんちがう。塩と胡椒《こしよう》と……あとなんかちょっと中華の野菜炒めっぽいのは――ごま油かな。ほんのひと垂らしだけ加えてあるような。参考にしたレシピに載っていたのか、それともお母さんから聞いたのかな。作りたてでまだぬくもりの残る野菜炒めはとても美味しく感じられた。

実父がこうして私のために食事を作ってくれたことなんて一度もなかった。

「どう？」

太一お義父さんがおそるおそるという感じで訊《き》いてくる。

「もうすこし塩気を抑えてもいいかも」

すかさず浅村くんが正直な感想を口にした。

まあ確かに。今の塩加減だと食事の終わり頃には喉が渇いてしまうかもしれない。でも、味見だと物足りなく感じちゃうのもわかる。

「美味しいですよ。キャベツもシャキシャキ感が残ってますし」

「そうかあ！　うん、そこは亜季子《あきこ》さんに言われてちょっと気をつけてみたんだよ」

やはりお母さんか。

となると、ごま油も母のアドバイスだろうか。いつも作るときは入れないから意外だけど。綾瀬《あやせ》家だと味付けに足すのは鶏《とり》ガラスープの素《もと》の場合が多い。ほんのちょっとだけ入れると味に深みがでる。私の場合はオイスターソースをひと垂らしするのが好き。しかしさすがお母さん。アドバイスも的確だ。

あと、塩加減か。

これは慣れるしかない気もする。

とはいえ、塩分過多も健康にはよくない。疲れてると味付けも濃くなりがちで、でも味の濃い料理は胃腸にも負担が掛かるだろうし。

悩んだ末に味付けについてほんのすこしだけ言ってみた。

浅村《あさむら》くんの率直な感想を思い出して、こういうときに遠慮してしまうのは義理の親子だからかもしれないとも思う。

洗い物を流しへと運ぶと今日は私から先にお風呂をいただくことになった。

着替えを抱えて風呂場へ。手早く脱ぐと軽くシャワーで流してから湯船に浸《つ》かる。温かい湯に包まれながら、先ほどの太一《たいち》お義父《とう》さんへのアドバイスめいたひとことをぼんやりと思い返していた。

あれって、浅村くんの発言を否定したような意味合いになってしまってはいないだろうか。否定というよりはただのフォローだし、浅村くんもべつにそれに対して気にしてはいないと思う。思うのだけれど——。今日も浅村くんとはほとんど会話できていなかったためだろうか、彼がどう思っているのかわからなくて怖い。

「気に、しすぎかなぁ」

ぽつりと声が漏れ出てしまう。湯面に額から垂れた雫《しずく》が落ちた。

いちど気になると私の心のもやっとしたわだかまりは最近ではどんどん大きくなるばかりで消えてくれない。お風呂から出ても、明日の授業の予習をしていても、ファッション雑誌に目を通してもなくなることはなかったので、しかたなく私は上着を羽織ると浅村くんの部屋の扉を叩《たた》いた。

背後のダイニングの明かりはもう落ちていて常夜灯のかすかな光だけが淡くあたりを照らしている。彩度の落ちた廊下の中で浅村くんの部屋の白い扉だけが四角く切り取られて見えていた。

返事を待ってから扉を細く開けて体をすべりこませる。

後ろ手に鍵を掛けた。親に隠しごとをしているときのあの心に重石《おもし》を載せたような罪悪感が沸き起こるけれど、それも目の前の浅村くんの顔を見たら安堵《あんど》の息とともに吐き出してしまった。

もう寝るところだったのか、浅村《あさむら》くんはベッドに横座りになっている。

「えっと、ね。特に用事があるわけではないんだけど……」

その隣に目で了解を取ってから私は腰を下ろした。

正直に言ってみる。

「今日も一日ほとんど話す時間なかったなって」

「じゃ、ちょっと話そうか」

浅村くんがそう言ってくれたので、私はぽつりぽつりと今日あったできごとを彼に対して語り始めた。彼もそれに応えるように一日のことを話してくれる。先ほどの夕食のときのことなど気にしてないようだった。よかった。

浅村くんは、たまたま昼時にすれちがった友人の新庄《しんじょう》くんと中庭のベンチでお昼ご飯を食べたという話もしてくれた。新庄くんは昨年までは私と同じクラスだったけれど、今年は私とも浅村くんともちがうクラスだ。昨年以上に接点がなくなっているから、すっかり忘れていたけれど、浅村くんや丸《まる》くんと仲良くしてたんだっけ。

一緒にお昼ご飯を食べたのか。そうか。

「いいなあ」

つい思っていたことを口にしてしまう。そうしたら夕食は一緒だったでしょと指摘されてしまった。そうなんだけど。

「隣り合わせじゃないし」

夕食を作る日はキッチンと往復することが多くて、自然とお母さんと私がキッチン側に座ることが多くなった。土日にお母さんが食事を作るときや、たまに気を利かせて太一《たいち》お義父《とう》さんと母を隣り合わせにしてあげるときもあるけれど（一応は彼らは新婚夫婦なわけだし）、私と浅村くんは意外と隣り合って座らないことも多いのだ。

並んで一緒に。

触れ合える距離で。

そこ重要。うらやましい。そう言ったら、肩がぶつかるなら私のほうがいいなんて言ってくれたものだから、ついふざけてぽんと肩をぶつけてみたりして。

甘えているとわかっていた。

本当に彼の心が離れてしまっていないか、確かめたい気持ちになっただけ。すり合わせの上でのハグを提案しようとしたらそのタイミングで「抱きしめていい？」と耳許《みみもと》で囁《ささや》かれて私は思わず彼にしがみついてしまった。

バランスを崩した浅村くんはベッドへと倒れこんでしまったのだけれど、私が転がらないようにしっかり支えてくれた。そのまま背中へと回された腕で抱きしめられる。押しつけた身体を通して温《ぬく》もりが伝わってくる。思わず息をついてしまった。もやもやとしていた心の澱《おり》が消えてゆく。安心感を覚えたとたんにそのまま眠気に襲われて……。

ハッと目を覚ましたときに私の目に飛び込んできたのは、窓の外の夜明け前の、わずかに白くなった藍色の空の色——しまった。寝ちゃった！


やらかした、と気づいて冷や汗が出た。

シーリングライトの白々とした明かりを見上げる。それから顔を横に向かせて私のすぐ隣で寝息を立てている浅村《あさむら》くんの顔を見つめた。彼に抱き着いたまま、ついうっかりと寝入ってしまったのだ。いったい、どれくらい寝ていたんだろう？　首を曲げて枕元に視線を投げる。時計があった。05：12。5時ちょっと過ぎ。もう早朝だった。

慌てて寝ている浅村くんから体を引き剥《ひ》が《は》そうとしてはっとなる。

起こしちゃわないかな？

顔を窺《うかが》うと、まぶたを閉じて規則的な息を繰り返していた。ぐっすりと寝入っている。

体をそろそろと離し、腰から脚を回してフローリングの床に足の裏をつける。靴下を通して感じる床の冷たさ。タイマーをセットしてあったのか、エアコンは止まっていた。

両腕で抱えて体の震えをとめる。抜け出たあとの布団を浅村くんに掛け直してあげてから、立ち上がって音を立てないように気をつけつつ扉へと向かった。

にしても、完全に油断していた。離れている時間が長いからだろう。久しぶりの彼の温もりが心地好《ここちよ》くて、一気に睡魔に襲われてしまった。根を詰めて夜遅くまで勉強をしていたせいもあったかもしれない。

こんなところを誰か——親に見られたら。

部屋の鍵を閉めておいてよかった。さすがに両親が意味もなく私や浅村くんの部屋を覗いたりしないだろうけど、それでも「もしかして二人で部屋にいることを察せられてしまったのでは？」と不安でドキドキする。

ドアに耳を当てて、廊下から音がいっさいしないのを確認しつつ静かにドアを開ける。

キィ、とかすかに蝶番《ちょうつがい》が鳴って心臓が跳ねた。

だ、大丈夫、だよね？

左右に視線を走らせる。よし。誰も廊下には出てきていない。

はあ、とため息をついてから、私は自分の部屋に戻ろうとした。そのタイミングで喉がからからに渇いていることに気づく。緊張しすぎたのだろうか。いや、そうじゃなくて、これは寝起きだからだ。体が水分を欲していた。

冷蔵庫に麦茶を入れてあったっけ。

キッチンへと向かった。

廊下からリビング&ダイニングへと繋《つな》がるドアを開けると、その向こうに——。

「あら。こんな時間に珍しい」

「おか——」

思わず声を漏らしそうになった。

椅子に腰かけたお母さんが顔だけこちらに向けていた。

「ん?」

「あ、うん。ちょっと中途半端な時間に寝落ちして。それで早く目覚めちゃったのかも」

母はまだ仕事から帰ってきたばかりの姿だった。口紅も落としてない。

ということはもしかして。

「いま、帰ったの?」

「そうよ」

もう5時を過ぎていて、始発も動き出している時間だった。夜遅くに帰ってくるにしても遅すぎやしないだろうか。

「いつも、こんな時間だったたっけ?」

「これでも今日は早いほう。帰りが、みんなが出かけた後になることも多いわね」

話を聞いてみると、今日は明日の仕込みまではしないで早めに帰っていいよ、と店長に言われて帰ってきたのだという。火曜日から水曜日、というのは、一週間の中ではわりと客の入りが少なめで、そこまで忙しくはないのだとか。

「そんなに遅かったんだ……」

「沙季《さき》が小さな頃はさすがに朝食までには帰るようにしていたから」

私が忙しい母を見かねて食事の手伝いを始めたのは小学校の5年からだった。家庭科の時間にジャガイモを茹《ゆ》でた。そのときに先生から手際の良さを褒められたのを覚えている。それには理由があった。学校の家庭科で調理が始まるすこし前にたまたま母から教わっていたのだ。

ただ、それが契機になった。人は、褒められるとできるという自信を得るものだ。私は調理に自信を持ち、母を手伝いたいと思うようになった。

中学からはお弁当を持っていく必要があり、忙しい母にお弁当作りの手間を掛けさせたくなかったから、入学前には簡単な料理ができるまでになっていた。油を使った揚げ物はさすがに小学校のときはやらせてくれなかったけれど。

それでも、母は中学の最初の頃は朝食を作ってくれていたし、お弁当も持たせてくれていた。父と離婚が成立した頃だから、いちばん生活が苦しかった頃のはずなのに。

「でも、大丈夫？　体を壊さない？」

「今は休みたいときは休めるから」

太一《たいち》お義父《とう》さんがいるから。前にもそう言っていた。

けれど、その太一お義父さんも連日の深夜帰宅なのだ。

「なんで、そんなに働けるの」

私としてはそもそも深夜に働く、いや働くというだけで大変だと思っているからそう尋ねたのだけれど、母の答えは――。

「そんなには働いてないわよ？」

「こんな時間に帰ってきてるし」

「入りの時刻が遅いだけで労働時間としてはふつうだもの。それは遅く入れば遅く退社になるわよ。でも深夜手当も出るし。そんなにブラックに勤めてはいないから」

淡々とそう返されてしまう。

単純な労働時間は同じでも夜勤はそれだけで体力を消耗するらしいって聞くけれど。私の「大変」はお母さんにとっては「ふつう」みたいで、「労働ってそんなにまで自分の体と時間を削らなきゃいけないことなの？」というニュアンスは伝わっていないみたいだった。

「それに、このあとゆっくりと紅茶を飲んで、ゆっくりお風呂に入ってから、たっぷり寝させてもらうつもりだしね」

太一お義父さんもだけど、お母さんも私にはワーカホリックに見えてしまう。

「無理はしないでね」

「ありがとう。そうするわ」

「ん。んと、紅茶ね？」

「あ、自分で淹《い》れるわよ」

「でも、変な時間に起きちゃったから、すぐには私も眠れそうにないし。座ってて」

私がそう言うと母は黙ってダイニングの椅子に浮かした腰を下ろした。

電気ケトルのスイッチを入れ、水が沸騰するまでの時間を使って茶葉を用意する。

といっても、こんな時間に戸棚の食器を漁《あさ》ると物音が大きくなりそうでさっと淹れられるティーバッグにした。もちろんカフェインレスの。カチリと音がしてケトルのスイッチが切れる。沸いた湯を、ティーバッグを落としたカップに注いだ。

「お砂糖は？」

「寝る前だからこれでいいわ」

これ、と言いながらカップを掲げる。

私も母に倣ってストレートティーにした。母の前に座る。

ティーカップを持ち上げて顔を近づける。

湯気に混ざって立ち昇る紅茶の香りが鼻先をくすぐる。

「いい香りよねぇ」

声に顔を上げると、お母さんも私と同じポーズで香りを楽しんでいた。

というか、私の仕草はきっと母を見て育ったからうつってしまったのだろう。ふとした折に――箸の持ち方だけでなく、さ迷わせ方とか、こうやってカップを持ち上げたときに肘をついてしまうこととか――そういうちょっとしたところで母と同じ動作をしている自分に気づくことがある。それだけ影響を受けているということだ。

けれど、私は母の仕事について何も知らない。

「ねえ、お母さん」

私の呼びかけに母は紅茶に落としていた視線を上げた。

なあに？　という顔でお母さんは私を見る。

私はぼんやりと考えている「働く」ということについて、どう訊《き》けばいいのだろうと悩んだ末に結局はストレートに問うことにした。

「バーテンダーの仕事って大変？　なんで、今の仕事をつづけてるの？」

「大変じゃない仕事はないと思うのだけれど……」

そう言ってから、母は一瞬だけ目を伏せた。カップの中に答えを探すように視線を落としたあとで私を見る。

「みんなが寝ている時間に仕事をする――そういうお仕事ってバーテンダーに限らないと思うの。江戸時代とかだったらともかく、今の街って二十四時間動いているでしょう?」

「コンビニとか?」

単純すぎるとは思ったけれど、案の定、私の言葉にお母さんはくすりと笑った。

「それだけじゃないでしょ。たとえばこの紅茶だって」

カップをやや持ち上げる。

「水を沸かして明かりの点《つ》いた部屋でわたしたちは飲んでる。水道も電気も夜だからって使えなくなることはない。途切れないように見張ってくれている人がいる。誰かがどこかで夜も働いているから、わたしたちは何も心配せずにこうして明かりを点けてお湯を沸かしてお茶を飲んでいられるの」

「それは……たしかに」

「夜に列車や車を走らせて荷物を運んでくれている人がいる。夜に倉庫やビルを見張ってくれている人がいる。夜に道路や線路を直してくれている人がいる。だからわたしたちの暮らしはつづいている」

ほとんどの人々が眠りについた街の中で眠らずに働いている人たちがいる。

たしかに割合としては多くはない。でも、社会のインフラストラクチャーはそういう人たちが働いているから成り立っている。

「覚えてないと思うけど、あなた、2つの頃に夜中に熱を出したことがあってね」

「えっ。知らない」

本気で驚いたけれど、あたりまえでしょとあきれられた。

「2歳だったのよ？　覚えてたらスゴイわ。で、ね。わたしも子育てなんて初めてだったし。夜の急患を受けつけているお医者を探してね」

車を飛ばして駆けこんだものの、その頃にはもう熱も下がりだしていて、受付に出てくれたお医者さんに平謝りだったとか。それでもそのときのお医者さんは嫌な顔ひとつ見せずに対応してくれたという。

「あの頃はあの人も一緒に慌ててくれて、付き添ってくれたのよね……」

紅茶を口に含んでからまるで茶葉が苦かったかのように顔をしかめる。

「そうだったんだ……」

「でもまあ、生活リズムのちがう仕事は大変は大変よ。夜と昼をひっくり返す暮らしだと、ホルモンバランスが崩れやすくていつも体調が微妙に優れなかったりするもの。生理周期が乱れたり」

「あ、そういうことやっぱりあるんだ」

「だから夜更かしは厳禁。あなたも、あんまり遅くまで勉強してちゃダメよ」

「……ふつう、受験生にはもっと勉強しなさいって言うんじゃない？」

「体調崩したりしたら、せっかくつけた実力を発揮できないかもしれないでしょ。そっちのほうが困ると思うのだけど？」

正論です……。

くすりと笑って、お母さんは話をつづけた。

「あとまあ、わたしの勤めているお店のあるあたりは、けっして治安のいい場所とは言えないかも。悪い、というほどじゃないけど」

母の勤める店は、渋谷《しぶや》の繁華街の片隅にある。大通りから通りひとつ奥へと入ってしまうから、安心安全な地域とまでは言えないようだった。

酔っ払い同士で喧嘩《けんか》が起きたりもするし、スリや置き引きの被害もときどきあるらしい。歩いて数分のところにあるクラブでは、薬物中毒者を捕まえるために警察が押しかけてきたり……なんていうこともかつてあったようだ。

眉をひそめてしまう。なんかちょっと怖いところだ。

そんな界隈《かいわい》にあるとはいえ、母の勤めているお店はごくふつうのバーで、母はその店のバーテンダーをしている。

「ところで沙季《さき》はバーテンダーってどんな仕事なのか、そもそもわかる？」

「映画とかでしか見たことないけど……カウンターの内側に居てお酒を出す人？」

そう言ったら苦笑いをされてしまった。

「まあ、大きく間違ってはいないわねえ。基本はお客様の相手をしてお酒——カクテルを作って出すのがお仕事なんだけど」

なんとなくぼんやりとそういう風景は映画や動画で見たことがあった。

母の目の前で、筒みたいなものを両手でもって上下に振る仕草をしてみせる。

「こうよ、こう」

言いながら母は慣れた手つきでエアでシェイクをやってみてくれた。なにがどうちがうのか言えないけれど、ちがうことはわかる。私は単純に上下に振っただけだけれど、母は腕自体を動かしてすこしスナップを効かせて筒の先端が弧を描くような感じ。

「むずかしそう」

「そりゃあ、経験ない人がすぐに真似《まね》できるようじゃお仕事にはならないわよ。いちいち見ながら作ってるわけにはいかないから、幾つもあるカクテルのレシピも覚えなきゃいけないし、シェイカーやらのこまごまとした道具の使い方も覚える必要があるわ」

「覚えること多いんだね」

「仕事道具の使い方を覚えるのは、どのお仕事でも同じでしょ」

「会社勤めみたいなお仕事でも？」

「わたし、パソコン使えないわよ？」

「知ってる」

お母さんは、携帯のスケジュール管理ソフトさえ、私が教えるまで使いこなせなかった人なのだ。

「飲食店にあるお仕事はぜんぶバーにもあると思っていいかな。接客・給仕・会計・在庫管理……。でも、沙季のやってるバイトだって給仕以外はぜんぶあるでしょう？」

「あ、うん」

たしかにそうだ。接客も会計も棚の整理もやってる。勤めて一年にもならないから本の発注みたいな仕事はしたことないけど。そういえば読売《よみうり》先輩は、何を何冊頼む、みたいな仕事もやってるって聞いている。たまに浅村《あさむら》くんに『これ、何冊入れたほうがいいと思う？』みたいに尋ねてくる。それに対して具体的な数字を返せる浅村くんも凄《すご》いなと思ってるけど。

注文した冊数が入ってきて、それを返本期限ぎりぎりで売り切ったときなんかはふたりでガッツポーズ取ってたり。あれに混ざれなくてちょっと悔しい。

「まあ、お仕事の内容はそんな感じ」

「大変なことは？」

「気を遣うのはやっぱり接客ね。お客様には来て良かったって思ってもらいたいし。そう思ってもらうことが常連になってもらうには必要だって思うし」

でもねえ、と言いながらテーブルに両肘をついて、両手で顎を支えて溜息《ためいき》をついた。

「そういう店じゃないのにセクハラをしてこようとする客を、怒らせずにいなしたりするときはやれやれと思うわね」

「セクハラ……」

「まあ、言葉でからかってくるくらいは今さら気にもならないのだけど――いるのよね、たまーに。触ってこようとするのとか」

聞いただけで思わずかっとなってしまう。

「ぶっ飛ばすか警察呼ぼう」

お母さんに触ってくる輩《やから》とか、考えただけでアイスピックで手のひらに穴を開けてやりたくなる。なんてことをするんだ。

ところがお母さんは苦笑してから「それはやりたくないわ」と言った。

「やれないんじゃなくて、やりたくない」

紅茶はいつのまにか冷めていた。

両手でカップを包みながら私は残った琥珀色《こはくいろ》の液体をちびちびと飲む。

私はたぶんむすっとした顔をしていたのだ思う。

母は「怒ってくれてありがと」と言った。

「でもね。思うに……、わたしは、あまり人間っていうものを上等だと考えてないのね」

お母さんがなんかすごい単語を使いだした。

「じょ、上等？」

「そうねぇ」

天井を見つめながらお母さんは言葉を探した。

「聡《さと》い？　賢い？　なんでもいいけど。もちろん人間がダメな生き物だなんて言ってるんじゃないのよ。期待されるほどいつも立派でいられるわけじゃないってだけ」

「えっと」

――どういうこと？

「だから、人間の内面なんて基本的にしょうもないもので、だけどみんな理性的にマトモに生きることを社会から期待されている」

「だってみんなが理性を失って暮らそうとしたら困るもの」

そんなことにはならないと信じたい。夜でも水道から水が出てお湯を沸かせる社会に住みたいのだ、私は。

「理性だけで生きるのは無理があるって思ってるのよ。ヒトもケモノだってこと。だから、どこかでしょうもない自分を解放して発散しないと、その無理をどんどん溜《た》め込んでいって、どんどん不幸になってしまう」

ストレスが溜まった人間が引き起こすであろうこと――家族関係を悪化させたり、職場で荒れたりとか、そういうことだろうか。

「でも許可なく触ってくるなんて、ケモノというよりケダモノだと思う」

「そこは見解によるわね」

そう言ってまた苦笑い。

そして母は、羽目の外し方に失敗した客を「上手にいなす」ということに誇りのようなものを持っているのだと言った。

社会性を保つ為《ため》に生じるストレスを発散する方法は人によって様々で、カラオケで大声を出す人、バーチャルゲームで人を撃ちまくる人、スポーツで汗を流す人、家族に愚痴を言うことで解消する人――。

そして、お酒を飲んで発散する人。

バーに来てお酒を飲む客も一様ではない。最後まで理性を失わずにお酒の味を楽しむ人もいれば、「酔っぱらう為に来る」人もいる。バーは酒を飲むみんなの為に開かれている。

自分はそう思っているのだとお母さんは言った。

「もちろんこれは私個人の価値観だけどね」

「うーん。納得がいかないんだけど」

「お店の方針にもよるわよ。からみ始めたら即座に追い出すお店だってないわけじゃない」

「そういうお店のほうが私は安心できる」

「でも考えてみて、沙季《さき》。バーでバカになれることで、そのお客さんはもしかしたら家族に当たり散らさずに済むかもしれない。ひとつの家族の絆《きずな》を守れる――そう考えたら、とてもやりがいのある仕事だと思わない？」

家族の絆を守る――。

「まあ……」

言っていることは理解できた。それでも私としてはつい考えてしまう。

皮肉なことに、家族の絆《きずな》を守れるというバーテンダーの仕事を始めたことがきっかけで、父と母は別れることになったのだ。

いや……逆なのかもしれない。

ああいうことがあったから、母は今の仕事にやりがいを見出《みいだ》したのかも。

紅茶の入ったカップを手に、母は私の前でやわらかく微笑《ほほえ》んでいる。

その表情には無理をしている、というところは見られなくて、母が今の仕事に充実感を得ていることは確かに思える。

「でも、そういう繊細っていうか微妙っていうかメンドクサイっていうか、そういう接客って難しいよね？」

私の言葉を探しまくった言い回しに母が笑った。

「沙季《さき》の場合は最後のが本音ね」

だって酔っぱらいは嫌いだし。

「ふふ。もちろん、簡単とは言わないわ。上手に流せずに、これはダメ、というラインを越えさせてしまったら、結局のところお客さんも困る。わたしも困る。お店も困る。誰もいいことがないもの」

でも、とお母さんは指を一本立てて、私に言い含めるように語る。

「羽目をはずしたがるお客さんを追い出すより、抑圧された気分を発散できた、と本人が感じられる程度に、そして致命的なやらかしだけはさせないようにコントロールする……そのスキルを高めて実践できることに、ある種の矜持《きょうじ》を持っている、というわけ」

店に入ってきたお客さんは、それがどんな客でも対応したいのだという。

「カクテルを作って提供するのがメインの業務だけれど。やりがいを感じているのは接客のほう」

お母さんはそう言って締めくくった。

「私には無理そう」

聞いてるだけで精神的に疲れてしまう。

「あら。高校生の頃のわたしも、今の仕事が向いてるなんてわからなかったわ」

椅子から立ち上がった母は飲み干した自分のカップだけでなく、空っぽになっていた私のカップも拾って流しへと持っていく。拾うまえに指でカップをちょんとつついて「もういいわよね」と尋ねることも忘れなかった。私は反射的に頷《うなず》いてしまい、それからようやく自分のカップが空になっていたことに気づいた。

つまり母は私よりも私のカップの中を観察していたことになる。ううむ。

「焦ることないわよ」

水でカップを洗い流しながら母が言う。

「自分が何に向いてるのかは実は自分でもよくわからないものだもの」

「そう、かな」

「ええ。案外、自分では大したことないと思ってたことが他人にとっては難しくて、天職だった、みたいなことはよくあるでしょ」

「そんなことあるのかな。得意なこととか思いあたらないんだけど」

私は自分に特別な才能があると思ったことがない。だからこそ、せめて学校の勉強くらいはしっかりできるようにしておこうと思うわけで。

「生まれたときから持っている才能じゃなくて、自分がふつうにしていることで身についたものだっていいのよ？　思い返してみればだけど、わたしって昔から友人に相談とかされることが多かったのよね。話しかけられやすいタイプっていうか」

でしょうね。

母のほんわりとした笑顔を見ているだけで納得できる。

「意識したことなんてなかったけれど、その頃からずっとわたしは同じことをしている気がする」

相談かぁ。

「沙季《さき》だって友人から何か頼まれごとのひとつやふたつ受けることあるでしょう？」

そもそも友人と呼べる存在が真綾《まあや》以外にはすぐに思いつかないのだけど。

まあ、自分の人付き合いの悪さは自覚している。わずらわしい人間関係にコストを割くくらいだったら無いほうがマシだと1年の頃の私は考えていた。言葉にしてくれないことまで理解してほしいなんて無茶《むちゃ》がすぎる。だから自分の要求を素直に口にしてくる、断れば深追いしてこない真綾はありがたかった。

私はだから一時期、真綾以外の友人付き合いをすべて切った。最近になってまた増えてきたのは浅村《あさむら》くんの影響を受けたからであって……。

真綾みたいな人をコミュ強と呼ぶのではないだろうか。

待って。いまさら気づいたのだけれど、じゃあ、私はどこに就職してお金を稼ぐつもりだったんだ？

母がさっき言ったばかりだ。

――接客・給仕・会計・在庫管理……。でも、沙季のやってるバイトだって給仕以外はぜんぶあるでしょう？

そのとおりだと書店でバイトをしてみただけでもわかってしまう。友人との付き合いをストレスだからと簡単に切ってしまう人間に接客とかできるものなんだろうか。

考えれば考えるほど無理な気がしてきた。

洗ったカップを水切り籠に放り込みながらお母さんが繰り返し言う。

「焦ることはないのよ」

「うん……」

寝室に行く母にお休みなさいを言って、私は自分の部屋に戻った。

他の人には難しくて自分には簡単なこと、かぁ。

なにかあるだろうか。

最近のことをつらつらと思い返しても何も見つけられない。現代文のテストで苦労していたときに頼ったのは浅村《あさむら》くんだったし、修学旅行のときに浅村くんと会えなくてつまらなく感じていた私を前へと進ませてくれたのは真綾《まあや》だった。

浅村くんとか真綾だったら接客とか得意そう。

私は役立たずだ。お世話できたのなんて、浅村くんの服を店で身繕ってあげたときくらいなんじゃないだろうか。彼はそれをとても褒めてくれたけれど、定番で、彼に合いそうな服を探してあげただけだもの。自慢にもならない。

朝食の時間まであと何時間くらいあるのかな、と充電器に繋《つな》げていたスマホを手にする。

真っ黒の待機画面から通常モードへと復帰して先ほどまで検索していたネットの記事が目に入った。月《つき》ノ宮《みや》女子大の大学院からデザイナーになったという卒業生のインタビュー記事。

さっきも思ったことだけれど、私は自分のファッションに対する知識なんて素人に毛が生えたようなものだと思っている。ましてやデザインなんて。今から服飾やら絵の勉強なんてして追いつけるとも思えない。

それでも――。

たとえば、浅村くんのような人のために服を選ぶお手伝い。そんなことを仕事としてできるような何かがあるものなのだろうか。

「就職かぁ」

カーテンの隙間から青い空が垣間見《かいまみ》えている。

細く差し込む日の光がベッドの上に光の筋となって見えていた。

●4月21日（水曜日）　浅村悠太《あさむらゆうた》

目の奥に光を感じてまぶたを薄く開いた。

カーテンの隙間の向こう、ビルの谷間から太陽が顔を覗かせている。

「…………っ！」

まずい。

昨夜の記憶が蘇《よみがえ》った。

しがみついてきた綾瀬《あやせ》さんを、タオルケットでくるんであげてから落ち着くまでと抱きしめたのは覚えていた。そのまま静かになった彼女のぬくもりと呼吸を感じているうちに俺自身も睡魔に襲われてしまった。

家の中で。親父《おやじ》や亜季子《あきこ》さんが居るのに。

幼稚園児の兄と妹ならばそういうこともありうるだろうが、高校生の兄と妹が抱き合ったままひと晩過ごすことは雪山遭難でもしていない限りは現代日本では滅多《めった》にあることではないのではなかろうか。物凄《ものすご》く兄妹《きょうだい》仲が良いならあるのかもしれないが……そういう話じゃなくて、俺と綾瀬さんはそもそも実の兄と妹じゃないのだった。

つまり要するに好き合ってるだけの単なる男女だ。って、待てよ。実の兄妹だった場合のほうが大問題なのか。兄妹愛の倫理というのは何ともややこしい。

……綾瀬さんはどこに？

隣に寝ていたはずの姿はない。俺より先に目覚めて部屋を出て行ったということだろうか。

慌てて体を起こすと、掛けていた毛布が肩から落ちる。

毛布？　腰の脇にわだかまった布を見下ろして俺は思い出そうとする。俺が彼女の肩に掛けてあげたのは夏用のタオルケット一枚だけだった。エアコンは止まってしまっていて、夜明けを迎えたばかりの部屋の温度はだいぶ下がっている。おそらくこの毛布は綾瀬さんが自分に掛けていってくれたものなのだろう。

柔らかい布を手にしてみたけれど、すでに温《ぬく》もりは残っていない。それがかえって傍《かたわ》らに感じていた熱を思い出させてしまい、俺は頰《ほお》が熱くなった。まさか、あのまま眠ってしまうなんて。けれど、抱きしめた体の温かみは心地よくて。だからこそ失うのが怖くて。わずかに体を動かしただけでそれが消えてしまいそうで身じろぎひとつできなかった。

猫好きが膝の上で眠った猫を起こせないようなもの――ちがうか。

寝巻に着替えもせず寝てしまったな。皺《しわ》の寄った服を顰《しか》め面《つら》で見下ろしてから、俺は改めて薄暗い部屋を見回した。

やはり彼女の姿はない。

明かりを点《つ》けてから立ち上がり、ドアを確認する。鍵は開いていた。たぶん先に起きて部屋から出て行ったのだろう。入ってきたとき綾瀬《あやせ》さんは後ろ手に鍵を掛けていたから、親父《おやじ》や亜季子《あきこ》さんに目撃されてはいないだろうと思う。だとしても、さすがに今回は俺も気を抜きすぎていた。

時刻を確認すると、もう朝の7時を回っていて、ここから二度寝すると遅刻確定だった。起きるしかない。

これから親父や綾瀬さんと顔を合わせる（亜季子さんはたぶん寝ている）ことの気まずさを想像すると足も鈍るが、そんなことも言ってられなかった。

覚悟を決めて部屋を出る。

洗面所で顔を洗う。顔にかかる水の冷たさで心の内のモヤモヤとした感覚を拭い去る。

「ふう……」

ひとつ息を吐いてから俺はダイニングへ。

ドアを開けると綾瀬さんがいた。振り返った彼女と目が合う。

ぱっ。

綾瀬さんが視線を逸《そ》らした。

明らかに不自然に見えるほどの速さだった。俺も同時に目を逸らしていたから綾瀬さんの不自然さについては何も言えないわけだが。

彼女はもうとっくに制服に着替えていた。その上からエプロンを着けている。彼女のほうはちゃんと起きて朝食の用意までしてくれていたわけで、ぐっすりと安眠してしまった俺としては申し訳ないやら——そっちの後ろめたさも生じてしまう。

顔を見ないようにしつつ声をかける。心臓が過剰に反応して、冷静でいようと思うのにどきどきしている。

「おはよう……」

「ん。おはよう」

綾瀬さんの答えもどこかぎこちない。

ちらりと食卓に座っている親父を見る。タブレットでたぶん新聞を読んでいる。顔も上げなかった。なんだ。ちょっと気が抜けた。

テーブルに着くと既に用意してあった朝食に向かって手を合わせる。今日は鮭《さけ》の切り身を焼いたもの、焼き海苔《のり》に大根おろしとこれぞ日本の朝食という感じだ。

トン、と軽い音を立てて目の前にご飯茶碗《ぢゃわん》が置かれる。白いお米から湯気が立っていた。つやつやの米粒が美味《おい》しそう。

「はい、どうぞ」

制服の上から着けていたエプロンを外しながら綾瀬《あやせ》さんが言った。

「ありがとう」

一瞬だけ目が合う。すっとどちらからともなく目を逸《そ》らしてしまった。気まずい。

「いただきます……」

「ん、どうしたの？」

親父《おやじ》が俺を見ていた。

「どうもしてないよ」

「やけに静かだからさ。遅刻しそうだけど、大丈夫かい？」

「ぎりぎりだけど、平気」

「急いでるなら、そのままにして出ていいよ。今日は遅く出社しても大丈夫な日だから、僕のほうで洗えるし」

「平気平気」

焼いた鮭《さけ》の切り身を箸でほぐし、醤油《しょうゆ》を垂らしてご飯に載せた。そのままの勢いで米と鮭を箸ですくうようにして口へと運ぶ。鮭はちょうどよい焼き加減で水気を失っておらず、米もふんわりとしていて楽に噛《か》める。噛んだ切り身からあふれる魚の汁気と白米と醤油が混ざり合って美味《おい》しいことこの上ないのだけれどそれをゆっくりと味わうには今日は時間がなさすぎた。ゆっくり咀嚼《そしやく》して食べたほうが胃腸への負担も減るし健康にも良い。でも五分で食べないと遅刻だ。

この際、健康にはちょっとだけ目を瞑《つぶ》ってもらって食事を急ごう。

綾瀬さんが鞄《かばん》を掴《つか》んで背を向ける。

「じゃ、先に行きます」

玄関口へと消える綾瀬さんの背中が見えた。親父が行ってらっしゃいと声をかける。俺も慌てて声をかけた。

「行ってらっしゃい！」

「悠太《ゆうた》、ちゃんと食べきってからじゃないとお行儀わるいぞ」

「あ、うん」

わかっている。けれどやっぱり行き帰りの挨拶はちゃんとしたかった。玄関扉の閉まるかすかな音が聞こえる中、俺は食事の続きに取り掛かる。

「なあ、悠太」

「……う、うん？」

声を低めて言われて一瞬、どきりと心臓が跳ねる。

「あまり遅くまで根を詰めないようにな。体を壊しちゃ意味がないから」

「そっちか」

「え？」

「あ、いや。そんな遅くまで起きてないし」

「そうかい？　それならいいんだが」

すまん、親父《おやじ》。遅寝したというよりも、どちらかといえば早寝だったし、勉強していて遅くなったわけでもなくて、綾瀬《あやせ》さんと抱き合ってたら寝落ちした――って起こったことをそのまま言葉にしてみると、なんだかとても背徳的に思えた。

ただ、綾瀬さんと何をしていたかを綾瀬さんが知らないうちに俺だけ勝手に親父に打ち明けてしまうことはできなかった。いつかは言わなくてはいけないとしても、綾瀬さんと話してからだろう。

……それだけか？

綾瀬さんとのことを親父と亜季子《あきこ》さんに告白する。そう考えてみたとき、俺は緊張感とともに、何か後ろめたいような気持ちを感じた。

いや後ろめたいというか――。

このまま素直に打ち明けることに対する気後れのような気持ちというか。

っと、やばい、もう出る時間だ。

「ご馳走さま！」

大慌てで食器を片付けてから家を飛び出す。

自転車で駆け抜けた学校までの道のりで何か花の香りを嗅いだ。何の香りだったのか思い出す暇もなかったけど。

春も終わろうとしている朝だった。


授業中。

俺は朝の出来事を思い返していた。

どうやら辛うじてばれなかったようだ。実の兄と妹であればまずしないであろうことを俺と綾瀬さんがしていたということ。ほっとしたというのが偽らざる気持ちだけど、その一方で、これでまたきっかけを逃してしまったという気もする。

兄と妹でなければ、ふつうの高校生の恋人同士であれば、していてもおかしくないことではあると思うわけで……。つまびらかにするようなことではないかもしれないが。

そして感じた告白への気後れするような気持ち。

あの気持ちの正体を探るべく、俺は考え続けていた。そのために午前の授業には身が入らず、あっという間に昼休みになってしまった。

「浅村《あさむら》ー」

呼びかけられて顔を上げる。

「吉田《よしだ》？」

「なに呆《ほう》けてるんだよ。な、昼メシ、食堂で食わねえか？」

学食か。いつもは購買でパンでも買って済ませるのだが、今朝は満足に食べる時間がなかったから、それでは足りないかもしれない。

「いいね」

俺は財布を鞄《かばん》から取り出すと立ち上がった。

教室を出る前にちらりと綾瀬《あやせ》さんのほうを窺《うかが》った。綾瀬さんは相変わらず委員長と共に女子に囲まれていた。そのまま机をくっつけて島を作っている。

最近はああして食事も一緒に取ることが多いようだ。2年のときのことは知らないが、たぶん俺と同じでひとりで食べていたか、奈良坂《ならさか》さんと共にすることがあっただけだろうと推測できる。

綾瀬さんをとりまく環境は3年になってから随分と変わったように思う。

俺のほうは——どうだろうか。

せかせかと何故《なぜ》か急ぎ歩く吉田の背を追いながら、今朝の、親父《おやじ》に対して感じたあの気後れしたような気持ちを俺なりに分析する。けれど、思考は空回りするばかりで自分の気持ちがつかみとれない。こういうとき丸《まる》が同じクラスだと気にかけてくれて、さりげなく相談に乗ってくれたりするのだが……と、そもそもこれは自分の問題なのだから、他人が気にかけてくれることを前提にした思考は間違いだな。自分自身で課題を見つけてクリアしなければ――。

「着いたぞ」

「あ、うん」

俺は考えごとから意識を戻した。

吉田がスマホをポケットに戻すところだった。

「ん？　電話？」

「いや、たんなるメッセだよ。だいじょうぶ」

そんなことを言いながら、横開きの引き戸を開けた。

水星《すいせい》高校の学生食堂は、運動部の部室が連なるプール脇の長屋に接するように建てられていた。中は意外と広く、六人ほど座れるテーブルが十個以上ある。つまり、教室ふたつかみっつぶんの人数が利用できるのだけれど、メニューが少ないせいか一般の生徒の利用はあまりない。ただ運動部の猛者たちは飢えた虎のような目をして集まるんだ——と、丸《まる》から聞いたことがある。

内部は立ち食い蕎麦屋《そばや》の店内に似ている。入り口脇にある券売機から食べたいメニューを選び、券をもって正面の配膳口に並ぶわけだ。

並んでいるのは、大柄の見るからに運動部らしき生徒が多い。

「ここ、量だけはたっぷりあるじゃん」

「だね」

「味はまあ、それなりだけどな」

吉田《よしだ》の素直な感想に俺は苦笑しつつ言う。

「ちょうどお腹《なか》が空《す》いてるところだから嬉《うれ》しいかな」

吉田はかつ丼を選び、俺はちく天うどんにした。確かに量が多い。天かすまでサービスで山盛りになっていた。

トレイに載せ、空《あ》いた席がないかと見回す。

「浅村《あさむら》、こっちだ」

「ん？」

なぜか脇目も振らずにテーブルのひとつを目指して歩いていく。

まわり込んだテーブルの向こうに腰を下ろしたので、俺は首を傾《かし》げながら吉田の前の席へと場所を取る。

するとはす向かいに座った女子が頭を下げてきた。

「この前はありがとうございました」

——ん？

声に覚えがあり、顔をあげる。今のはまちがいなく自分に言われた言葉だと思うのだけれど、女子の知り合いなんて覚えが……ああ、この人は。

「いえ、俺は何もしてませんよ。吉田のほうがよっぽど」

「それはそうだな」

「自分で言うか」

吉田に突っ込みを入れてから、俺は声をかけてきた女子のほうへと顔を向ける。

丸顔で、髪をハーフアップにしたこの子は確か——。

「マキハラさん、だっけ？」

「覚えてくれたんですね。はい。牧原《まきはら》です。修学旅行ではお世話になりました」

修学旅行先で熱中症になりかけた子だ。俺と吉田とで付き添って、宿泊先のホテルまで送り届けたのだった。線が細く、肌が陶器のように白い女の子だった。あまり体が丈夫ではないと聞いている。

「その、由香《ゆか》が浅村《あさむら》に改めてお礼を言いたいって言うからさ」

……由香？

「あー、なるほど」

さすがになんとなく察したぞ。

ということは最初からここで待ち合わせる予定だったんだな。入る前にスマホを触っていたのは到着を知らせていた、というあたりだろう。

「浅村くん、お茶、飲みますか？」

「え？」

「わたし、淹《い》れてきますね。吉田《よしだ》くんのも」

見れば、牧原《まきはら》さんのトレイにはほうじ茶のような色をしたお茶がプラスチックのカップに八分目ほどまで入れて置いてあった。

「あっ、自分で取ってくるからだいじょうぶ」

「食堂の無料のお茶を取ってきたくらいじゃ、お礼にもならないけど。迷惑かけちゃったからこれくらいさせて」

「まあ、礼だというんだから素直に受け取っておけって」

「なんか気を遣わせちゃって悪い気が……」

「いいですよ、これくらい」

そう言って牧原さんはふわりと笑みを浮かべ、立ち上がると給茶機のほうへ歩いていってしまう。

「律儀だなぁ」

「だよな。俺もそう思う」

修学旅行からもう2か月ほども経《た》つわけで真面目な人なんだろうと思う。

「でもさ、吉田。俺が食堂への誘いに乗らなかったらどうするつもりだったの？」

普段は購買で済ませる俺が吉田に付き合ったのは、たまたま俺が朝飯をろくに食えなかったからで、つまり偶然だ。

「そのときは由香とふたりきりでランチができるわけだ。問題ない」

「あー……。もしかして、邪魔だった？」

「いやいや」

「なんの話？」

戻ってきた牧原さんがトントンと俺と吉田のトレイにお茶の入ったカップを載せる。

お礼を言いながら、俺と吉田はなんでもないと誤魔化《ごまか》した。

けど、いつの間にこのふたり、一緒に食事をするほど仲が良くなっていたのか。そんな感想を抱きつつ、修学旅行の思い出などを語りながら昼食を摂《と》った。まあ、仲良きことは美しき哉《かな》、って言うしな。

ひと足先に食べ終えた俺は、お先にと言ってふたりを残して席を立った。俺が居ないほうが話も弾むだろうと気を回したのだった。

返却口に食器を置いて食堂を出る。

明るい日差しの下に出て目を細める。4月も下旬になると太陽も本気を出してきてる。肌を焦がすとは言わないが、青空が目に痛いほどで、俺は早々に校舎の中へと逃げ込んだ。教室へと向かう道すがら俺は考える。吉田《よしだ》と牧原《まきはら》さんがふたり仲良く並んで昼食を摂っているのを見て、少しだけ羨ましいという気持ちが湧いた。

綾瀬《あやせ》さんを好きだと自覚して、綾瀬さんも俺を好きだと言ってくれて。

修学旅行をきっかけに、俺たちは気持ちに無理に蓋をするのはやめよう。お互いにできるかぎり自然でいようと決めたはずだった。

けれど、実際にはどうだろう。

告白しあい、キスまで――というか寝落ちするまで抱き合うほどであっても、どういうわけか食事ひとつ共にできない状況ってなんだこれは。どうしてこうなってる？

そして学校では会話ひとつロクにできないからと寂しくなり、家に帰ればふたりきりになるたびに互いに触れ合うことを我慢できなくなってる。

これって自然なんだろうか？

教室に入る。どこに行くのだろうか、綾瀬《あやせ》さんが女子同士で連れ立って出ていくのとすれちがった。瞬間、視線が合うけれど、すぐにどちらともなく目を逸《そ》らし——。

その日も俺たちは学校では何も話せずに下校時刻になった。


夕方からは今日も書店でバイトだった。

綾瀬さんとはシフトが共通だったけれど、会話はやはりなかった。接客中に世間話をするわけにもいかないし、スキンシップができるわけもない。

狭いレジの中では、肩が触れ合うほどの距離だった。けれど、片方が本にカバーをかけている間に、自分はレジを打って金額を確かめてお釣りを渡して、なんていう状況では、相手の存在を意識している暇さえない。

距離は近いのに、綾瀬さんをひどく遠く感じる。

小休憩のとき、事務所でひとり、給茶機から淹《い》れたお茶を飲んでいて、昼休みの吉田《よしだ》とのやりとりを思い返していた。

目の前で楽しそうに語らう彼らを見ていて感じたうらやましさ。

それはつい先日に綾瀬さんが言っていたことと同じではないか。

『一緒にお昼ご飯。いいなあ』

そう綾瀬さんも言っていた。新庄《しんじょう》と一緒に食べる俺がうらやましいと。その気持ちが、ようやく実感できたような気がする。

けれど、とそこで俺は同時に思う。

互いに抱き合って寝落ちしたことがバレずにほっとしてしまった今朝。あのときに感じた、親父《おやじ》への気まずいような感覚。どうして俺は、自分たちの関係を親に隠したいと思ってしまうのか。打ち明けてしまえば、高校生男女としての自然な触れ合いまでなら堂々とできるようになるはずなのに。

親父や亜季子《あきこ》さんに反対される可能性ももちろんあった。義理の兄妹《きょうだい》であって法律的な問題はないとはいえ、自分の家族の中にそういう関係を認められないという心持ちになる可能性だってないとはいえない。

まあ――親父を見ていると、そういうタイプにはとても見えないけど。

もし怒られたり反対されたりするとしても、綾瀬さんを好きだという自分のこの気持ちには嘘《うそ》はつきたくないし。堂々と――言わなければならないときにはしっかりと言いたい。

祖父の前で綾瀬《あやせ》さんを庇《かば》ったときのように。

俺は綾瀬さんと付き合いたいと。ずっと付き合っていきたいと思っていると言えるようになりたい。

今だけでなく、これからもずっとだ。

ああ、そうか。

わかってしまった。

俺は——まだ胸を張って言えないのか。親父《おやじ》に対して、亜季子《あきこ》さんに対して。

自分のやりたいことも見えていない今の状況では俺たちの距離感をありのままに認めて欲しいなんて——言えなくて。

ノックの音とともに扉が開いた。

顔をあげると入ってきた綾瀬さんと視線が合う。

どきりとする。まさにいま彼女のことを考えていたから。

「綾瀬さん？」

「あ、ええと……」

すべりこむように部屋の中に入り、後ろ手でドアを閉める。その仕草が昨夜と変わらなかったから、既視感に俺の心臓が早くなる。

「あ、あの。昨日はその……ごめん、なさい」

「いや俺も、その、迂闊《うかつ》だった」

「なんか疲れてたのかな、私。寝ちゃうなんて。風邪、引かなかった？」

「それはだいじょうぶ。ええと、綾瀬さんも休憩？」

てっきりそうなのだと思ったのだけれど、言われた瞬間に綾瀬さんははっとなって顔をあげた。

「あ、ちがう。浅村《あさむら》くん、じゃなくて浅村さん、店長が呼んでます。倉庫に来てほしいそうです」

「へ……？」

「だから、呼んでる」

伝言に来ただけだったのか。

「じゃ、じゃあ。伝えたから」

綾瀬さんはそう言って、逃げるようにふたたび扉を開けて出ていった。

しかたなく俺は休憩していた事務所を出る。倉庫に呼ばれたということは返品の荷造りを手伝うとか、そのあたりだろうか。

事務所を出てしまってから気づく。挨拶を除けば先ほどの綾瀬さんとのやりとりはバイト中では本日初の会話だったのだ。店長からの伝言を会話と呼んでよいものかは迷うところだが。

「浅村《あさむら》さん、か……」

距離を置いた呼び方にわざわざ直すところが律儀な綾瀬《あやせ》さんらしかった。

部屋には俺たちふたりしかいなかったのに。

「どうしたの、浅村君」

倉庫の扉を開けた途端に店長に言われた。

「え……？　あ」

綾瀬さんとのことはいったん棚上げだ。

いまはバイトに集中しないと。

「店長。ええと、なにか用事があるとか？」

「ああうん。休憩中だったらその後でよかったんだけど」

「いえ、もう充分休みました」

「すまないね。この返品の段ボールを配送棚まで運んでほしいんだ」

そう言う店長の足下には、一、二……七つほど段ボールがぎっしり中身を詰めて置かれていた。

「これ、ぜんぶですか」

「うん」

荷造りじゃなくて荷運びだったか。

「わかりました。じゃ、台車をもってきますね」

返品を受け取りにきた業者は、配送棚に積んでおいた段ボールをもっていってくれる。逆に言えば、そこに時間までに置いておかないと返品なしと判断されてしまう。配送業者が来るのはたいてい深夜だけれど、その時間には店はもう閉店しているから、営業時間内に荷物を移動させておく必要があった。

そしてたいていの荷運びはバイトの若手の仕事なのだった。若いからって力持ちなわけじゃないと思うのだけど。雇われの身なので文句を言ってもしかたがない。

「2往復くらい必要だと思うけど、お願いするね」

「はい」

台車を運んできて、段ボールを積み上げて運ぶ。きっちり2往復。その頃には小休憩の時間は終わってしまい、俺はそのままレジに入った。

相変わらず隣に綾瀬さんが居るけれど、とくに話すこともなく時間が過ぎていく。言葉を交わすとしても、「それ、取って」だの「カバーお願いします」だの、業務上のやりとりだけ。まあ仕事中なのだから当たり前なのだけど。

それでもこの触れ合えないもどかしさゆえに、家に帰ればまたスキンシップを求めあうことは確実で。

——このままでいいんだろうか、俺たち。

思考の海の底からそんな疑問が浮かび上がってくる。

ひとつ、わかってしまったのだ。

俺が綾瀬《あやせ》さんとの付き合いを親父《おやじ》たちに知られたくないと思ってしまう理由は、自分の気持ちには自信があっても、自分の将来には自信がないからだ。

3年になって変化しつつある綾瀬さんを見ていて、俺は自分が何も変わってないと思い知らされてしまう。自分の将来について、こんなにも漠然としていて頼りない。

せめて、綾瀬さんとの付き合いがバレたとき、将来こうありたいというビジョンくらいは親父と亜季子《あきこ》さんに語れるようになってないと。

それがないから、親父と亜季子さんに対してある種の後ろめたさのような気持ちを感じてしまうんじゃないだろうか。

バイトが終わって、綾瀬さんとふたり並んで帰る。

夜も遅くなっていたけれど、四月の風は暖かく、もう寒さに体を縮めることもなく。

風に乗って香る甘い花の匂いは春から夏へと季節の変化を伝えてくる。すれちがう人の服は薄くなり、色も明るくなっている。五月の連休を越えれば半袖の人々も増えるだろう。息苦しいような灰色の季節は終わったはずだった。

それなのに、俺たち——俺と綾瀬さんは黙ってしまって何も話せずに今日も家までただ歩くだけだった。


家の扉を開けて、ふたり揃《そろ》ってただいまを言う。そして、ふたり揃ってほうっと安堵《あんど》の息をついてしまった。ようやく帰ってきた。

お腹《なか》が空《す》いている。早く飯にしたい。

「あ、当番は俺か」

今日は水曜日。週に一度の料理当番の日だ。玄関に靴がなかったから親父はまだ帰ってきていない。ということは、3人前をこれから作らないといけない。親父は外食してくるときは連絡を入れてくれる人だし。

「手伝おうか？」

綾瀬さんが廊下の先に立って振り返って言った。

「ここで手伝ってもらっちゃ、分担制にした意味がなくなるよ。だいじょうぶ」

「わかった」

とだけ言って、綾瀬《あやせ》さんはそのまま自分の部屋に入った。

また今日もロクに話せなかった。けどまあ、食事は一緒にできるわけだし。さて、何を作ろう。

自分の部屋に荷物を放り込んでから俺はスマホのメモ機能を立ち上げる。今のところ俺の料理のレパートリーは限られている。それをローテーションで回している。だから自分のできる料理の一覧を書きだして、それぞれ何回作ったかをメモしてある。

夜の9時を回っているので、あまり時間はかけたくないのだが……。野菜炒《いた》めも飽きてきたしなあ。

「冷蔵庫も見てみよう」

そもそも食材として何が使えるかを把握してない。

冷蔵庫を開けてみると、なぜか鍋がラップをかけた状態で入れてあった。なんだこれ？出して見ると、どうやら肉じゃがだ。鍋に4分の1ほど残っている。たぶん亜季子《あきこ》さんが昼に作って余りを入れておいたのだろう。じゃあ、これを温めれば……。

「足りないか」

野菜はあるが肉が冷蔵庫になかった。

こういうときは携帯で検索っと。「肉じゃが」「あまりもの」。コロッケ、シチュー、グラタン、カレー……けっこうあるな。

カレーか。いいかも。肉はもう足せないけれど、ベジタブルカレーだと思えば。

これなら市販のカレールーを入れるだけで済むし、量も確保できそうだ。ジャガイモとニンジンと玉ねぎを少し足せばいい。

冷蔵庫から取り出した肉じゃがの鍋にそのまま水を足してルーを加える。IHのコンロに載せて温めつつ、野菜を切る。付け足しの野菜はこのままだと加熱が足りないから電子レンジで5分ほど加熱してから鍋に投下。

あとは煮込むだけ。

ぐつぐつとカレーを煮込みつつ、俺はついでだからと「あまりもの」のレシピをざっと眺めてみた。今後もお世話になりそうだしさ。あまりもので何が作れるのかを知っておきたいなと。

おでんのあまりもので作るカレーか。ほかには、筑前煮《ちくぜんに》のあまりものでカレー、雑煮のあまりものでカレー、クリームシチューのあまりものでカレー……。

カレー、万能だな。

要するにこれはあれだ。困ったらカレーにすればたいていなんとかなるっていう。

味見をして味を整える。いつもより若干辛め。ぴりっとしているけれど、それがなんとなく今の自分には必要な気がして。もちろん肉じゃがっぽさを消すためという配慮もある。元の汁が混じっているからだろう、いつも食べるカレーよりも若干和風出汁《だし》の味がそれでも残っているような。まあ、気になるほどではないか。

食卓を整えてから「できたよ」と声をかけた。

ダイニングに入ってきた途端に綾瀬《あやせ》さんは鼻をひくつかせる。

「いい匂い。カレーにしたの？」

「亜季子《あきこ》さんが肉じゃがをちょっと残してくれてたから」

「あまりものカレーか。家庭料理っぽくていいね」

「手抜きって言われてもしかたないけどね」

「なんで？　そんなこと言わないよ。それが手抜き料理だったら、私の作る料理はぜんぶ手抜きだと思う」

いつもの綾瀬さんよりも若干、早口に捲《まく》し立《た》てられて俺は面食らってしまう。

「そ、そうかな。いつも立派な料理を作ってくれてると思うけど」

「そんなこと……。前に言ったことなかったっけ？　お肉に下味をつけてる時間がなくて、ごめんねって」

あ……。

「思い出した。俺、そのとき下味って何か知らなかったやつだ」

あれは綾瀬さんたちが越してきてすぐのことだった。6月の頭の出来事。

「そっちを覚えてるんだ」

苦笑のような笑顔を浮かべられ、俺はそこでようやく綾瀬さんとのギクシャクした空気がほんのすこしだけ和らいだのを感じた。

ふたりで席に着いていただきますと手を合わせる。

「おいしい」

料理上手な綾瀬さんに言われると嬉《うれ》しいもんだな。

「ちょっと辛いかもしれない」

「そう……だね。いつもよりは。でも、美味《おい》しいよ。肉じゃがっぽさも消えるし」

「はは。ばれたか」

そんなふうにぽつぽつと会話を繰り返した。それでも昨夜のことはお互いに口にしないようにしている。

話題はなんとなくお互いが最近考えていることへと移っていった。

つまり将来のこと。就職について。

俺が、親父《おやじ》から仕事について話してもらったことを話すと、綾瀬《あやせ》さんもちょうど亜季子《あきこ》さんと似たような話をしたところだったと言った。

「なんかおんなじようなことをしてるね、私たち」

「そうだね。まあ、受験生だってことなんだろうな」

受験は初めてではないけれど、高校受験に比べれば、大学受験はより自分の将来と直結しているように感じられる。もちろん、行った大学とは無縁の職業に就く人だって山ほどいるわけだけれど。

「俺は自分が何になれるのかわからないんだ」

「それ、お母さんも言ってた。自分が何に向いてるのかは自分でもよくわからないものだ、って」

「そういうものなのかな」

綾瀬さんはひとつ頷《うなず》いてから言う。

「私、お母さんみたいな接客業は無理だって思ってたんだよね。あんまり他人に合わせるのって好きじゃないし。浅村《あさむら》くんは得意そうだけど」

「そうでもないと思うけど」

「そんなことない。お店でのお客さんへの話し方を見ててもわかるもの。お客さんの探してる本を魔法使いみたいにすぐに当ててみせるし」

「まあ……それなりに本を読んでるから」

「でも、そういうのがお母さんの言ってた、『自分がふつうにしていることで身についたもの』なんじゃないかな」

言われて俺はなるほどと思ってしまった。そういう考え方はしたことがなかった。

「中学時代にさ」

「ん？」

綾瀬さんがいきなり話題を変えた俺のほうを見て首を傾《かし》げる。一瞬のその仕草がかわいらしく見えて俺は改めて綾瀬さんが好きなんだなと感じる。

「その頃はむしろ自分を読書家だと思ってたんだ。みんなよりもたくさん本を読んでいるぞってね」

「どれくらい読んでたの？」

「1日1冊くらいかな」

「すごい」

「まあ、みんなも綾瀬さんのように言ってくれたし。自惚《うぬぼ》れていたというか。そんなとき国語の先生と話す機会があって。謙虚な先生でさ、生徒にも敬語を使ってくれるような人だったんだ」

で、調子に乗った俺は先生はどれくらい本を読んでいるのかと聞いてみた。

「それで？」

「先生はとくに誇るようでもなくさらりと3冊くらいと答えたんだよ」

「え？　……1日で？」

「そう。なのにそれを自慢するでもなく言って。ああ、これが本当の読書家なんだって思った」

以降、俺は自分のことを読書家だと思ったことはない。

「それは……。その先生は確かにすごいと思うけど。浅村《あさむら》くんだって充分すごいんじゃ」

「そういうことなんだろうけど。だからこそ、それが職業に結びつくなんて思えないわけでさ。一番しか興味がないっていう性格の人だったら特にだろうね」

「一番……世界でナンバーワン読書家ってこと？」

「それでもいいし、日本一の書店員でもいいかな。それだと、俺なんかじゃ足りないって思えてくるでしょ？」

「一番じゃなきゃその職業になれなかったら、世界で書店員ってひとりだけにならない？」

俺は苦笑してしまった。まさに俺もそう思ったからだ。

「まあね。仕事ってそういうもんじゃないよね。それに俺は一番好きな本、とか決められないタイプだから」

「一番に興味がないってこと？」

「どっちかというと、一番がいっぱいあると思ってる。時間SFだったらこの本で、一番怖かったホラーはこれ……みたいにさ」

俺の言葉に綾瀬《あやせ》さんが頷《うなず》いてくれる。

「ナンバーワンよりオンリーワンってことだよね」

「そんな感じかな。最初はさ、俺も勝ち負けに拘《こだわ》って1日4冊とか読もうとしたんだよね。でも、そうやって本を読んでもちっとも楽しくなくて。俺は何のために読んでるんだろうって考えたら、無理して読むのはちがうなって」

「じゃあ、今は？」

「読んだ数よりも、どう読むか。俺らしい読書ができればいいと思ってる」

「浅村くんらしい読書かぁ。そう考えるのが、浅村くんらしいね」

「ありがとう。まあ、それが役に立ったという記憶もないから、完全に自己満足だと思うんだけど」

そんなことないよとばかりの微笑《ほほえ》みに俺はふっと心が軽くなる。そういえば、この話は丸《まる》にもしたことなかったなと思い出した。

「でも、それを言ったら、綾瀬《あやせ》さんにだって同じように『自分がふつうにしていることで身についたもの』があるんじゃないの？」

俺の言葉に綾瀬さんはちょっと迷った末に口を開いた。

綾瀬さんは月《つき》ノ宮《みや》女子大の大学院からデザイナーになったという人のインタビュー記事を読んだらしい。

「デザイナーかぁ」

「もちろん、私はデザインの勉強どころか絵のひとつも描いたことないし。その人の真似《まね》ができるとも思ってない。でも、服装の組み合わせや誰にどんな服が似合うかとか考えるのは好き」

「そういえば前に服を選んでもらったよね」

「真綾《まあや》から少女漫画を借りたことがあるの」

いきなり話題が飛んだ。

「漫画を読むなんて珍しいね」

「オススメだから読めって強制的に渡されたんだけど。その漫画って主人公が芸能人なんだけど、そのせいか絶対に同じ服を着てないのね」

「それは衣装代が掛かりそうだ」

「って、思うでしょ。でも、そんなにお金がないとも書いてあって、それで読み進めていって気づいたんだ。服を着まわしてるの」

ファッションについては疎いので、綾瀬さんにどういうことなのか訊《き》いてみる。

「真綾が言ってた。衣装ダンスの中が見えるって。言われて読み返すと、確かにどの服も、どこかで出てきている。ただ、上下の組み合わせがちがったり、靴下やワンポイントだけ変えてあったり、小物や髪型を変えてたりして。もちろん時々新しい衣装が追加されてることもあって、ああ、ここで買ったんだなってわかる」

「すごいなそれ」

「うん。私もすごいって思ったんだ」

綾瀬さんはまるでいたずらっ子がいたずらを白状するときのように言う。

「浅村《あさむら》くん、気づいてないと思うけど、私もそれを心がけてる。ここに越してきてからさ。私、一度も同じ組み合わせのコーデをしてないんだよ」

それは……気づかなかった。

「なるほどね。それでファッションの相談を受ける人もいいなって思ったわけだ」

「できるかどうかわからないし、なんとなくいいなって思った程度だけど」

それでも彼女はすこしだけ前に進んだわけだ。

俺はどうなんだろう。まだ自分でも気づいていない、自分に向いてることがあるんだろうか。大学の４年間でそれが見つかるのだろうか。

いや、そもそもストレートにしっかり大学に合格できるんだろうか。

考えるほど、俺は未来に対して不安ばかり大きくなる。

カレーの辛さも、そんな俺を奮い立たせてはくれなかった。

やたらと喉に渇きを覚えている。

入浴のときも将来について考えていて、思ったよりも長風呂になってしまったせいだろうか。

時刻は深夜になっていて、帰ってきた親父《おやじ》も食事を終えてもう寝ていた。皿洗いも終わっているから、俺としてはこのままベッドに入って本をすこしだけ読むか寝てしまうだけなのだけれど、水分を補給しておきたい。

キッチンに入って冷蔵庫を開ける。

常備されている麦茶をコップに移した。冷えている麦茶をがぶがぶと飲むにはまだ早い季節だからちびちびと飲んでいると、廊下側の扉が開いて綾瀬《あやせ》さんが入ってきた。

そのまま俺の前を素通りして冷蔵庫を開けて麦茶を取り出す。どうやら綾瀬さんも喉が渇いていたようだ。

立ったまま飲もうとして俺の隣の席に腰を落ちつける。

ルームウェアにカーディガンを羽織っただけの姿は、隙を見せない綾瀬さんとしては珍しかったけれど、俺がキッチンにいることを知らなかった可能性もある。それでも、気づいた後も慌てて逃げださないくらいには距離が縮んだのが嬉《うれ》しい。

「遅くまで頑張ってるね」

もう深夜0時を回っている。

「うん……」

なんだか冴《さ》えない声を返されて俺は綾瀬さんの顔を覗《のぞ》き込《こ》む。

「どうしたの？　元気なさそうだけど」

「いまいち勉強、はかどらなくて」

やや俯《うつむ》いた顔が気になってしまう。

「まあ……。俺も人のこと言えないかな。3年生になったのに、前より集中力が落ちてる気がするんだよね」

「浅村《あさむら》くんも？」

「まあね」

「そっか」

短くそんなことを言い合った後で互いに言葉を失って黙り合う。

見つめ合っているうちに、そういえば今日もロクに話せなかったし、触れ合えなかったんだっけと思い出した。

ふたりともにそろそろと互いに向かって腕を伸ばし、けれどその手が途中で止まる。

「今日はちゃんと寝なきゃ、だよね」

「そう……か。そう、だね」

近づいていた互いの手がゆっくりと引っ込められた。

「じゃ、浅村《あさむら》くん、おやすみなさい」

「うん。おやすみなさい、綾瀬《あやせ》さん」

そうして俺たちはそれぞれの部屋に戻った。

たしかに昨日やらかしたばかりだというのに、しかも親父《おやじ》たちの寝室は扉一枚向こうだというのに、何をやっているんだという話ではある。バレたときには仕方ないではなくて、バレてほしいみたいじゃないか。

でも、今の俺では親父や亜季子《あきこ》さん相手に堂々と自分の未来図を披露できる気もしない。

だからといって、今の俺はことあるごとに綾瀬《あやせ》さんの姿を追うことも避けられず――。

ぐるぐると回る思考を抱えたまま俺はベッドに入った。

寝しなに読もうと思っていた本は開いたものの文章が一行も頭に入ってこず、しかたなく俺は諦めて目を閉じたのだった。

●4月21日（水曜日） 綾瀬沙季《さき》

確かに眠くなる授業というのはあると思う。

気候条件もよかった。窓の外は春の終わりの良い天気で、ぽかぽかとした日差しが窓際二列目ほどまで差し込んでいて部屋も明るかった。ちょっと明るすぎるほど。狭く開けた窓から吹き込む風に、丸めたカーテンの端がゆらゆらと揺れている。

昼ご飯を終えてたっぷりとした午睡を取るには最適だった。窓際でなくとも眠気も増すというもので。しかも4時間目が体育で疲れた後の5時間目。さらに私にとっては得意科目の日本史だったから油断した。睡魔に襲われて気づけばこくりこくりと舟を漕《こ》いでいた。

先生に指名されたのが隣の席の委員長で、彼女が椅子を音立てて引きながら立ち上がったから（もしかしたらワザとかもしれない）、そのおかげで目が覚めた。

幸い、そのあとは瞼《まぶた》を閉じることなく授業を受けられたけれど、明らかにいつもの集中力が出せていない。授業中に寝るなんて高校入学以来初めてだった。

やっちゃったなー、と思う。

傍《かたわ》らの委員長をちらりと見る。そうしたら彼女もこちらを見ていて、口許《くちもと》を指して動かした。もしかして、と思って慌てて口を拭う。

委員長が小さく口を動かした。「う・そ」。むう。けれど、と考える。つまりその嘘《うそ》が出るということはやはり彼女は私が寝落ちたことに気づいていたということだ。教師のほうを窺《うかが》いつつ、口の形だけで感謝を伝える。

それから黒板に向き直った。

まさか自分が他人に助けてもらう日が来るとは。隙を見せないよう、ここまで積み重ねてきた日々がこうも簡単に崩れ去る。

いったい最近の私はどうしてしまったんだろう。

授業が終わり、6時間目までの十分間の短い休憩。次の授業の用意をしていれば過ぎてしまうほどの短い時間だ。けれど隣の席の陽気な委員長の周りには、そんな短い時間でさえもクラスメイトたちが話しかけに寄ってくる。

席が隣の私も最近では必然的に巻き込まれている。

まあ、委員長は無理に私に話を振ってきたりはしてこないからぼんやりと聞き流していればよいのだけれど、それでも集まってくるクラスメイトたちの中には遠慮なくグイグイと話しかけてくる子もいる。

3年になってもっとも変わったのはそういうときの自分の対応かもしれない。

浅村《あさむら》くんのバイト先での対人能力を見習いたいと思った私は、話しかけられても昔ほどそっけなく返せなくなった。これが接客の練習だと思うと徒《あだ》や疎《おろそ》かにできないし。

ただ、今日のように少し落ち込んでいて放っておいてほしいときはちょっと辛《つら》い。

真綾《まあや》だったらこういうときは察して、あえて私に話を振らないように工夫してくれたりするのだけど、さすがに他の人にまでそんな気遣いを期待するのは間違っているわけで。

笑顔を貼りつけ10分の休みを乗り切って放課後を迎える頃には、私は精神的にへとへとになっていた。でも今日はまだバイトがある。


私の不調はバイト先でもつづいた。

今日も読売《よみうり》先輩は就活でお休み。浅村くんとはシフトの時間が一緒で、ふたりそろってのバイトだった。

いつもよりも入りが時間ぎりぎりになってしまって焦りもあったからか、この日の仕事は散々だった。普段ならしないようなミスを連発したのだ。

売場に補充の本を差しにいくときに全然関係ない棚に差しそうになったりとか。

近しいといってもコミックにも男性向けと女性向けはある。

浅村くんに言わせると、かわいい女の子だけが表紙だったら男性向け、かっこいい男の子もいたら女性向け、らしい。もちろん例外はあるが傾向としてはそうだからざっくりとそう覚えておけばいいよと。

ただし、と浅村《あさむら》くんは忠告してくれた。かわいい男の子が表紙だったりかっこいい女の子が表紙だったら、どちらもありえる。

よくわからないが、とにかくそういうことらしくて、私はうっかりその教えを忘れて本を差し間違えそうになったというわけ。

それ以外にもお釣りを間違えそうになったり、本のカバーを折り間違えたり。

致命的なミスにまでは至らなかったけれど、さすがに途中でまずいな、と思った。

それで、店長にひと声かけてお手洗いに行かせてもらった。もちろん目的は顔を洗って集中力を取り戻すこと。冷たい水で顔を洗って、洗面台の鏡で顔をチェックする。すこし目が腫れぼったいような気もするけれど、これは妙な時間に寝落ちしてやや睡眠時間が足りない状態で早起きしたからだろう。集中力の低下も睡眠不足からかもしれない。

今日はメイクというほどのメイクはしていないから、もういちど顔を塗りなおす手間は省いた。社会人とか読売《よみうり》先輩だとばっちりやりなおすのかもしれないけど。

店長に戻ったことを告げると、浅村くんを倉庫に呼んで欲しいと頼まれた。

事務所でお茶を飲んで休んでいたのを見つけて伝言を伝える。

そのときにようやく浅村くんとすこしだけ話せて、昨日寝落ちしてごめんなさいと伝えられたけれど、なんだかすごく居心地が悪くて伝言を伝えただけで逃げるように部屋を出てきてしまった。

バイトを終えての帰り道もロクに話すことができなくて。

冴《さ》えない気分がずっとつづいている。

扉の向こうから聞こえた「できたよ」の声に、私はペンを止めた。

「いま行く」と返事をして、板書をまとめていたノートを畳む。今日もあまり進んでいない。

バイトを終えて帰宅してからの勉強。これも食事当番を浅村くんや家族が代わってくれるからできること。有り難いのだけれど、ちょっと後ろめたさも感じる。自分がぜんぶやるつもりでいたから。

ダイニングに入った途端に香りが鼻をくすぐった。

「いい匂い。カレーにしたの？」

聞けば、お母さんが肉じゃがを作ったみたいで、そのあまりものを利用したとのこと。量の足りなさをレンチンした野菜を放り込んで補って、ベジタブルカレーにするなんて、一年前の浅村くんにはとてもできなかったろう。だって、この家って出前かレトルトかお弁当ばかりだったみたいだし。そういえば、あの頃の浅村《あさむら》くんは肉の下味付けも知らなかったのだ。

そこから考えれば長足の進歩で素直にすごいと思うのだけれど、浅村くんは手抜きって言われるんじゃないかって心配していた。そんなことはない。浅村くんのカレーが手抜きになるんだったら、私のいつもの料理だって充分に手抜きだと思う。

無理して持ち上げたつもりはないのだけれど、私が熱を込めてそう言ったからか、浅村くんはちょっとほっとしたような顔になった。よかった。

席に着いてカレーを食べる。

ちょっと辛いかもと浅村くんが言ったとおり、味はピリッと辛め。私の本来の好みだともうすこしマイルドな味が好みだ。けれど、今日は朝から今までずっとどこか気の抜けた感じだった私は、そのピリッと辛口な味つけを意外と悪くないと感じてしまった。

カレーを食べながら私たちはようやくゆっくり話すことができた。

そうして、同じような悩みを感じていたことを知る。

進学についてだけではなく、その先のこと。大学を出てからどうするか。今までぼんやりとしか考えてこなかったことが、ここ半年くらいの間によりはっきりと考えなくてはいけないこととして浮かび上がってきてる。

「俺は自分が何になれるのかわからないんだ」

浅村くんが言った。

その言葉で母との会話を思い出した。

すこしでも彼の悩みの助けになるならばと、母の言葉を受け売りで伝えてみる。自分が何に向いているかは自分でもよくわからないものだと言っていたと。母は自分がまさか接客業をこなせるとは思っていなかったらしいと。

頑張って欲しいと思いながら話してみた。

私は浅村くんの努力を知っている。

お母さんと一緒にこの家に越してきてから、浅村くんと太一《たいち》お義父《とう》さんはできるかぎり私たちが暮らしやすいようにと、以前からこの家にあった色々なルールと私たちの家族の習慣とをすり合わせてくれた。食事の支度ひとつとってもそう。

私は、出前と弁当と外食に頼る食生活を悪いとは思わない。経済的にはひとり暮らしだったらそのほうが安くつく場合もあるし。

料理をする、というのは代々そのノウハウや道具が伝わっている場合にはさほどコストが掛からないが、縁のない人には初期投資が意外とかかるものなのだし。

なにより人の脳は習慣を変えることを疎む。

それなのに私たちのほうに合わせてくれたのだから太一《たいち》お義父《とう》さんにも浅村《あさむら》くんにも感謝しかない。そして今や浅村くんはひとりで夕食の用意までしてくれているのだ。

さらに、私の勉強のために集中できる音楽を探してくれたり、現代文の問題を解くためのノウハウを考えてくれたり……。

浅村くんが将来に不安をもっているなら、私のほうがもっと不安だ。

『焦ることはないのよ』

お母さんはそう言ってくれたけれど。

——自分が何になれるのかわからない。

ご馳走様《ちそうさま》を言って部屋に戻りながら私は心の中でそっとつぶやいた。

それは私も同じだよ。

夕食を終えて、先にお風呂をいただいた。

風呂上がりに髪を乾かしながら膝の上にファッション誌を広げて眺める。

短くしていた頃はあっという間に乾いたのに、いつの間にか元の長さ近くまで伸びていて、おかげで乾かす時間も伸びてしまっている。

さすがに髪が濡《ぬ》れている間は勉強もできない。ドライヤーの音がうるさいから動画や音楽などを流すこともできず、できることと言えばこうやって膝の上で何かを広げて読むくらいだ。雑誌とか単語帳とか。

髪を乾かし終えた頃に太一お義父さんが帰ってきた。

ドアを開けて顔を見せ、「お帰りなさい」。浅村くんが夕食のカレーを温め始めた。

手伝おうかといちおう訊《き》いてみたけれど、案の定、だいじょうぶの言葉で押しとどめられる。こうなるとできることは勉強だけなので、私は机に向かった。

湯冷めしないようにしっかり着込み、苦手教科である現代文から片付けようと問題集を開いた。

昨日のつづきから解き始め……。

ローファイ・ヒップホップで追い出していたエアコンの音が耳に戻ってくる。

はっとなって自分がうたた寝していたことに気づく。ヘッドフォンがいつの間にかずれていて、私は机にくっつきそうになっていた。

時計を見ると、深夜0時を回ったところだ。

ただでさえ集中力が落ちているのに、これ以上の無理をしても効率が悪い気がする。

開いていた問題集は予定の半分も終わってなかった。

「ダメだ。もう寝よう」

喉に渇きを覚えていた。私はヘッドフォンをむしり取ると、一回だけ強く首を振った。

それからキッチンへとつづく扉を開けた。

ぎくり、と一瞬足を止める。

ダイニングに誰かがいる——浅村《あさむら》くんだ。彼はコップに入れた茶色の液体を飲んでいた。

麦茶だろう。いいな、と思って私も飲むことにする。

彼の脇を通り抜けて冷蔵庫を開けて自分のぶんの麦茶を入れた。

そのまま彼の隣の席に腰を下ろした。ちびちびと真似《まね》をして飲み始める。

「遅くまで頑張ってるね」

浅村くんの言葉にどきりと心臓が跳ねる。

「うん……」

肯定で応えたけれど、ごめんなさい、うたた寝してました。ごにょごにょと語尾を濁してしまったのはそのせいだ。

自分のことで手一杯だろうに、浅村くんは私の体調を気遣ってくれた。その言葉に甘えるように私は最近あまり勉強に集中できていないことを告白する。そうしたら、浅村くんも同じだと言った。3年になってからあまり勉強に集中できていないと。

期せずして同じ悩みを抱えていたことが判明してしまった。

しかし、3年になってからというと、もうすぐ1か月になるのに、今まで互いに悩みを知らなかったことになる。

これも最近になってあまり話せていないからかもしれない。

話せてない。手を握れてない。なによりも体温を感じれていない。あのパラワンビーチの吊り橋《ばし》の上での出来事がまるで遠い夢のよう。だから――。だからこそ、昨夜はあんなにも互いのぬくもりが心地よかった。安心しきって寝てしまったのだろう。

私たちはどちらからともなく見つめ合い、麦茶を置いて手を伸ばし合い。

けれども、その手がふたりとも途中で止まる。

頭の片隅で、その手を伸ばしつづければどうなってしまうだろうかという恐れがあった。

「今日はちゃんと寝なきゃ、だよね」

私は『その先』を考えないように頭の中から追い出した。与えられるはずの温《ぬく》もりが腕の中から滑り落ちていったことも考えまいとする。

互いに手を引っ込め合った。

私は、コップを洗って、おやすみなさいの挨拶を言ってから、部屋に戻った。

ベッドに入りルームライトを消して目を瞑《つぶ》る。

けれど、あれほど勉強のときにはやってくる睡魔が今度はなかなか来ない。頭の中では、互いに伸ばした手を取り合っていたらどうなっていただろうかといつまでも考えてしまい、眠れなかった。

蛍光モードで淡く光る天井灯を見つめながらまんじりともしない夜を過ごすのだった。

●5月20日（木曜日）　浅村悠太《あさむらゆうた》

3年生になって2か月になろうとしていた。

すっかり馴染《なじ》んだ教室へと向かって階段を登ってゆく。

踊り場の窓から見える5月の空は青く晴れ渡っている。リノリウム張りの階段に光が差し込んでいた。

「おはよう。浅村、お先に！」

階段をひとつ飛ばしで追い抜きながら吉田《よしだ》が踊り場を回って登っていった。

「おはよう」

背中に声をかけて俺はそれを見送った。

3年になってから繰り返されているいつもの光景だ。

すれちがう人の顔もすっかり馴染みになってしまった。

登る階段の多さを意識しなくなったのは一体いつからだろう。新しかった景色も繰り返されれば日常に変わってしまう。朝、校舎の玄関から入って昇降口を通り抜け教室へと向かうまでの一連の流れなどはルーティーンの最たるものだ。

そして動物は繰り返される刺激には慣れてしまって反応しなくなってしまう。

これは馴化《じゅんか》と呼ばれる反応だった。脳は安全とわかっている情報をいちいち新規に覚えようとしない。見慣れた看板は貼りかえられてようやくそこに看板があったことに気づくのだ。

階段を登りながら俺は足下に視線を落とす。

一段踏むのに合わせて、過ごしてきた一日一日を思い出そうとしてみる。

しかし、すぐにピタリと俺の足は止まってしまった。

最初に頭に浮かんだのは、綾瀬《あやせ》さんと抱き合って眠った、あの日のこと。次の日には、将来に対しての気づきをお互いに話し合った。

そして……ええと……。

それ以外には何も思い出せなかった。

進まない足を見下ろして俺は内心でため息をつく。あれからもう1か月だ。時間の流れが、あまりにも早く感じる。ついこの前3年生になったばかりだと思っていたのに、そこからもう1か月。

ただ、時間の流れを早く感じてしまう原因は明確で、綾瀬さんとのことも含めて、人間関係に大きな変化がないからだった。

イベントのない、朝の階段と変わらない毎日が過ぎていて。

俗にゴールデンウィークと呼ばれる5月の大型連休も気がついたら終わっていた。

何をしていたんだろう？

いや、勉強をしていたんだけどさ。

3年生だ。将来を見越して大学を目指すならばモラトリアムに浸ってはいられない時期である。2年生のときに比べ受験に向けて俺は勉強時間を増やしていた。

加えて、中間テストを意識した勉強もだ。

率直に忙しい、というか忙しすぎた。学校、バイト、食事や風呂に睡眠といった日々の生活を除けば机に齧《かじ》りついてノートを広げている記憶しかない。

それはいいのだけれど問題はどれだけ勉強のために時間を使っても足りている実感がないことだ。

手応えがない。

おかしい……と思う。

テスト前の勉強は何度も経験していることで特別なわけではないのに。むしろ将来に向けて自信を持てるようにと普段以上に自分なりに気合いを入れていたはずだ。それなのに不安を拭えないのは何故《なぜ》なんだろう。

俺は頭を軽く振って弱気な考えを打ち消した。大丈夫。勉強はしてきた。やれることはやっている。そもそも2年から予備校にも通って、早い段階から受験を意識して勉強してきたんだ。こんなところで躓《つまず》くはずがない。

今日から中間テスト。

ともあれ、ここで悶々《もんもん》としている時間があるなら、一刻も早く教室に入って自分の机でテスト範囲の内容を頭に流し込む悪足掻《わるあが》きをすべきだろう。

中間テストに臨むために俺は膝に力を込めた。

しかし……。

決意とは裏腹に試験開始の合図が響いても、俺の思考は鈍く濁ったままだった。

テストの間も頭の中にはスモッグがかかったような感覚が拭えず、集中が途切れがちになった。まずい、と焦れば焦るほど目の前の設問が頭に入らなくなり……。

焦燥感の募る中、ただテストの時間だけが過ぎていった。

どうしてしまったんだ、俺は。

夕食前の時間。

キッチンに立っている。今日は俺が当番だから。

テストの期間中はシフトを入れないようにしてもらっているのでバイトはなく、家には俺と綾瀬《あやせ》さんの二人が帰っている。けれど、お互い部屋に籠もって各々で勉強していたのでほとんど顔を合わせていなかった。

せっかく同じ家に居るのだし、同じ学年で同じクラスで同じ試験問題を受けるのだから、お互いに理解の難しいところを教え合えば効率がいいのではないか——そんな考えが浮かばないわけでは無論ないけれど、同時に『いや無理でしょ』と俺の冷静な部分がツッコミを入れていた。

それこそ勉強に集中できなくなるのは明らかだ。触れたい。ぬくもりを感じたい。綾瀬さんを魅力的と思うがゆえの衝動と俺は常に戦うことになるんだから。

例えば、スマホを使った実験がある。

集中力が必要な課題を解くにあたり、学力に大きな差がない実験の参加者たちを、スマホを置く位置に違いを持たせた複数のグループに分ける。Aグループは机の上、Bグループは鞄《かばん》の中、Cグループは隣の部屋。

すると机の上にスマホを置いたグループが最も課題の成績が悪くなり、隣の部屋に置いたグループが最も好成績になるというものだ。

この実験から、目の前に全力で取り組むべき課題があったとしても、スマホが手の届く距離にあればあるほど意識がそちらに引っ張られてしまうとわかる。意識してスマホのことを考えないようにしても、『意識して考えない』過程が発生した時点で人間の脳は思考のためのパワーを消耗してしまう。『考えない』ことにもエネルギーが必要とは……。

つまり、綾瀬《あやせ》さんはスマホ……じゃなくて。

ぼんやりと考えごとをしていたせいで、危うくフライパンの中身を焦がすところだ。

慌ててIHコンロのスイッチを切る。

できあがった料理を皿に盛り付けていると、ちょうどそのタイミングで綾瀬さんが部屋から顔を覗かせた。

「……鯖《さば》？」

「味噌煮《みそに》にしてみたんだ」

調べてみると、集中力を高めるためには青魚が良いらしい。ＤＨＡが多く含まれるから。

綾瀬さんが何かに気づいたように口もとに手を当てる。

「あ」

向けられた視線は何か言いたげに感じた。しかし、待っていても続く言葉はなく俺から口を開く。

「もしかして苦手だった？」

「ううん。食べたいなって思ってた」

「作ってくれて、ありがとう」

「ならよかった」

「どういたしまして。失敗はしてない……と思う」

レシピ通りにはできたはずだ。少なくとも、見た目の形は整っている。綾瀬さんが親父《おやじ》にしていたアドバイスも参考に味付けは薄めを心がけたし。

向かい合わせにテーブルについて、いただきますと手の平を合わせる。

味噌ダレの香る白身を箸で裂いて白飯とともに口に頬張《ほおば》る。甘辛《あまから》い風味が湯気とともに鼻先をくすぐり、口の中に入れるとふわりと舌の上で広がった。

うん。ちゃんとできてる。

綾瀬さんも美味《おい》しいと言ってくれた。けれどその顔にはどことなく陰があって、すこし心配になった。

「もしかして、具合悪いの？」

「ううん。だいじょうぶ」

そう言いながら思い出したように箸を動かす。俺もそれ以上は追求できなくて同じようにせっせと箸を動かした。

黙々とふたりで食べつづけた。

食器を片づけると「じゃあ」「うん」とどちらからともなく言って、ふたりともお互いの部屋に戻った。

勉強を再開する。

机にノートを広げた。

結局、今日のテストの手応えについて綾瀬《あやせ》さんと話題にできなかった。

相手の手応えについて尋ねれば、こちらの手応えについても答える成り行きになる。となるとバッチリだったとは言い難《いがた》く、かといってその場の嘘《うそ》で誤魔化《ごまか》すのは不誠実だし、答案の結果が返ってくれば居たたまれない状況になるのは明らかだ。

テスト期間の始まる前から、俺と綾瀬さんはテストに集中するために恋人同士のスキンシップは控えようとすり合わせている。だからこそ結果を出さなければ。

頑張り時である。

ここで成果を見せられなければ自信など持てるはずもない。為《な》すべきことを疎《おろそ》かにして、この先、綾瀬さんと浮かれた時間を過ごす権利はないし——そうすべきではない。

わかっている。

しかし現実は集中力の欠けたまま試験の初日が終わってしまった。すると、現状への焦りとともに別の不安も鎌首をもたげてくる。

綾瀬さんの気持ちだ。

俺の目からは、彼女の表情や言動は普段通りに見える。いつも通り、平常心に。ぎこちないと感じる瞬間もあるけれど、それは俺が普段通りではないからとも思うわけで。気を遣わせている結果なのかもと。

他人の思考を読めるエスパーではないから俺には綾瀬さんの気持ちを読み解けない。体を近づけるスキンシップを我慢するようになって、不思議なことに心の距離も離れたように感じてしまう自分がいた。

ピピッと音が鳴って、俺は慌てて顔を上げた。

セットしていたアラームの音だ。

ポモドーロ・テクニック――集中力を上げるために時間を区切るという方法で勉強をしているから二十五分でアラームが鳴る。二十五分集中して五分休憩するまでがワンセットだった。

俺はノートに視線を落とした。

何も進んでいなかった。

集中するべき時間を俺は答えの出ない思考にまたもや費やしてしまったのだ。

このままではよくない。

けれど解決策がまるで浮かばない。

なるほど、考えないことにもエネルギーが必要、というのは本当らしい。しかも、必要とするエネルギーは相当なもののようだ。

どうにかして気になるものを手の届く距離より遠くへ置くことが必要だ。

けれど、俺にとっての『スマホ』(綾瀬《あやせ》さんのことだ)は、家に帰ればいつでも常に顔を合わせることができてしまう、学校に居ても教室は同じだし、バイト先も同じだった。それどころか最近では頭の中に居場所を作ってしまっている。

2年生の時はちがうクラスだったことをすこしだけ残念にも感じていたのに。いざ同じクラスになってみればこんな事態になるとは。

不安があるならすり合わせればいい。今、こういう不安があるのだけれど実際のところどうなのか? と。

自分は彼女とそうして関係を構築してきたはずなのだ。

でもいま、すり合わせの結果にネガティブな回答が来てしまったら、自分がどうなってしまうのかまったく予想できない。

綾瀬さんが義理の妹になる前の、去年の自分からは考えられない状態だ。初めての感情に振り回されてばかりの自分が情けない。自信が持てれば解決できると思ったのに、自信がないことで自信を持つための結果を得られないでいるなんて……泥沼だ。

契約関係が揺らいでいる。

義兄《あに》と義妹《いもうと》としての生活が水面《みなも》に浮かぶうたかたのように淡く儚《はかな》く消えそうで。

すり合わせを提案することさえ不安になっているなら、いったい自分たちの関係はどうやって調整していけばいいのだろう。

ピピッとまたアラームが鳴った。

絶対にこのままじゃだめだ。

●5月20日（木曜日）　綾瀬沙季《あやせさき》

テスト開始の合図とともに用紙をひっくり返した。

まずはクラスと名前を真っ先に書き込む。

そして問題用紙に目を落とし——。

積み上げてきたものが足下から崩されていく感覚を味わったのは久しぶりだった。

まだ自分に向いた勉強法を掴《つか》めていなかった小学生のとき以来かもしれない。

もしかして自分に向いた勉強法というものも、味覚のように、成長すると徐々に変わっていくのだろうか。

……なんて、現実逃避している場合じゃないよね。

そもそも勉強は普段通り、いや普段以上に時間をかけて取り組んできた。

本来なら私の役割である料理も当番制にしてもらって、勉強時間を増やしてもらったのだ。なのに集中できなくて結果も出せませんでしたでは申し訳なさすぎる。

勉強法が原因じゃない。ちゃんと時間も取ったんだ。

なのにやったはずの勉強が、覚えたはずの内容が、取り出そうと伸ばした手のひらからサラサラと砂のように滑り落ちていく。

問題文を読んでも砂を噛《か》むように手ごたえが湧いてこない。

どうして。

内心で悲鳴を上げる。

焦りはパニックに繋《つな》がって、握りしめたシャープペンの先がカタカタと震え始めたのを見て私は息を止めた。

目を瞑《つぶ》る。ゆっくりと息を吐き、そして吸う。

冷静にならないと。

落ち着け、私。

ここで頑張らないと。

しかし、意気込んでみたところで砂は滑り落ちていく。

解答用紙に空欄を残したまま、無情なチャイムが終わりを告げた。


その夜――。

浅村《あさむら》くんはさすがだな、と彼の作ってくれた鯖《さば》の味噌煮《みそに》を口に入れて、私は感慨を覚えていた。

味噌の醸し出すほんのりとした甘さが、浅村くんの優しさのような気がする。

鯖《さば》には頭の働きを良くするDHAが多く含まれている。

3年生になってからお互いに集中力が欠けているという話はしていたのに、私はそれを料理に結びつけて考えてはこなかった。

鯖をメインのおかずにしたのは、きっと集中力の欠如を補おうという彼なりの工夫なのだろう。

――と、出来上がった鯖の味噌煮《みそに》を食卓に見つけたときに私は気づいて、思わず「あ」と声を出してしまった。

けれど、私は私の後ろめたい事情から話題にすることはできなかった。

だって話題にしてしまえば、自然と今日のテストの手応えを口にする流れになると思ったから。それと、これまで彼のために料理で工夫してこなかった申し訳なさもある。料理上手が聞いて呆《あき》れる。

結果として私は浅村《あさむら》くんに素っ気ない態度を取ってしまった。

テーブルの向かいの浅村くんへ気づかれないよう視線を向ける。黙々と食事をする表情からは、何を考えているのか読み取れない。

私は今、どう思われているのだろう……。

考えると怖くなる。せっかくふたりでいるのに、他人の目を気にする必要もないのに、どんな会話をすればいいのかわからなくなっている。ちょっと前まで日常の些細《ささい》な出来事まで伝え合ってきたのに。

それとも気まずいのは私だけなんだろうか。

おいしかった鯖の味も感じ取れなくなってくる。

テスト期間だからと恋人らしいスキンシップを封じてきた。そう自分から頼んでおいて、浅村くんは嫌がりもせずに同意してくれた。

なのに――。

触れ合いを求められないからと、今の私は、彼が私を好きだと言ってくれたことにさえ自信を持てなくなっている。今でも目の前のこの人は私を好きでいてくれているのだろうかと疑っている。彼のほうは私ほどには触れ合いたいと思ってないんじゃ……。

だって、もし彼が私ほどにも強く欲しているのならば、いまこのときだってこんな近くにいるのだから、なにかしてくれたって――。

待って。なんだそれは……。

「綾瀬《あやせ》さん？」

「え？　あ」

「もしかして、具合悪いの？」

「ううん。だいじょうぶ」

とっさに首を横に振った。なんとか箸を動かして鯖《さば》をつまんで口に入れる。

もう味なんてわからない。でも必死で箸と口を動かした。

心配してくれたのに。私は自分がたったいま考えてしまったことを彼に見抜かれるのが嫌で何でもないふうを装う。

私は自分の頭を過《よ》ぎった思考に気づいて内心で身を竦《すく》めた。

彼が交わした約束を破って強引に抱きしめてくれたら。

そう考えたのか、私は？

目の前が紗《しゃ》が掛かったように暗くなる。

自分の考えに自分で嫌気が差してしまう。気分が悪い。

私は自覚してしまった。

こんなにも彼とのぬくもりを求めているのだと。そして、それを自分からは言いたくないらしい。

理由は簡単に想像がついてしまった。受験だからお互いのスキンシップを慎もうという自分たちを律する決まりを自分から破らずに済むからだ。彼のほうから触れ合いを求めてくれれば自分の意志が弱かったと思わずに済む。このひりつくように彼を求める焦燥感を消したい。安定した心が欲しい。彼が抱きしめてくれれば寝落ちした夜のようにたぶん私は安らぎを得られる。そうすればきっともっと勉強にだって集中できる。

そこまで考えてしまって私はぞっとしたのだ。

浅村《あさむら》くんに甘えなければ自分をコントロールすることさえできないのか、と。

それでは、自分をコントロールできず、お母さんに甘えて当たり散らした実父と、何がちがうのか。

理性と対極にある衝動を、私は常に忌避してきたのではなかったか。

甘えては駄目だ。愛情を疑って、過剰に求めるようになっては駄目だ。私は私の嫌いな私になりたくはない。

恥ずべき思考を、私は口の中のご飯といっしょに喉の奥へと無理矢理《むりやり》呑み込《こ》んだ。

●6月1日（火曜日）　浅村悠太《あさむらゆうた》

教室の色が明るくなった。

6月からは衣替えで、制服は重たい色の上着を脱いで軽い色へと変わる。気温も徐々に上昇し、今日などは陽差《ひざ》しの下では暑いくらいで、教室の窓も午前中から全開に開け放たれたままだ。

気分もアガる季節。

……となれば嬉《うれ》しいのだけれど、残念ながら水星《すいせい》高校3年生にとって今日はむしろ曇天うす曇り、ところによってはにわか雨の日になる。

放課後のSHRの時間。クラス全体がざわめいていた。言葉の色合いも悲喜こもごもといった様子で、普段であればたしなめる言葉を放つ担任も、今日ばかりは場を収めようとはしない。

無理もないよな、と俺は手元のプリントを見つめる。

中間テストの結果が返ってきたのだ。

各教科ごとの点数は担当教諭から返却された答案用紙を見ているのですでに知っている。いま手にしているのは、全ての教科の点数がまとめられた成績表だった。順位や平均点はもちろん、校内偏差値まで載っている代物で、要するに、自分の学力を映す鏡だ。

印刷された数字に目を落とす。

自己平均はほぼ74点。

落ちている……。

学年のそれからすれば悪くはない。悪くはないのだが、前回よりは点数を落としてしまった。

昨年ならば気にするほどでもなかったが、今年はわけが違う。受験が控えている。当然のように全体の平均は上がっていた。周りの生徒たちには受験生としての自覚が芽生え始めているのだろう。

そんな中での成績の低下だから問題は深刻だった。

席次的にはさほど落ちてないというのは救いにならない。

以前、読売《よみうり》先輩に話を聞いた後は、なるべく良い大学に入って将来に対して広い選択肢を取れるようにしておこう、などと甘く考えていたが、このままではそんなことも言っていられない。

なにより胸を張れない。親父《おやじ》たちに対しても、綾瀬《あやせ》さんに対しても。

焦燥に駆られ、ふと、綾瀬さんはどうだったんだろうかと彼女へ目を向ける。しかし、その横顔からはなにも読み取れない。

よくなったのかも、変わらずなのかも。

教室全体を見れば皆のテンションは落ちている。たとえ成績が上がった者であっても、だ。そもそもテストの結果が返ってくるという状況自体が、自分たちの受験生という立場を自覚させてしまうのだから。

だから、斜め前に見えている綾瀬《あやせ》さんの横顔が多少俯《うつむ》いていたとしても、そこから簡単に彼女の感情を読み解くのは難しかった。ちょっと困っている、ようにも見えるけど。

もしかしたら彼女も俺と同じような状況で下がったんだろうか。

って、何考えてるんだ俺は。

綾瀬さんの結果がどうだろうと俺の不甲斐《ふがい》ない平均点が上がるわけじゃない。

それなのに自己平均が下がった焦りから彼女の様子を窺《うかが》ってしまうなんて。まるで自分と同じように点数が落ちていてくれと願っているみたいじゃないか。

最低だ。たとえ一瞬の気の迷いだとしても、自分が安心したいがために彼女の成績不振を期待するなんて。

それに自学自習できる彼女のことだ。今回のテストでも学年順位を伸ばしている可能性が高い。ただ周りへの気遣いからあまり喜びを露《あら》わにしていないだけかもしれない。そのことを想像すると、それはそれで言いようのない不安が募る。

どうにか気持ちを切り替えて成績を上げたい。そのために何か、きっかけがあるといいのだけれど。

きっかけがないと集中力が戻らないままだろう。

SHRが終わり、生徒たちは教室を出ていく。綾瀬さんも俺のほうをちらりと見てから出て行った。ちなみに吉田《よしだ》はとっくに教室から消えている。運動部は6月となるとすでに引退して後輩に譲っているか、吉田のように最後の力を振り絞っているかだった。

丸《まる》がいたらなと思わないでもない。

これが丸だったらいつものように互いにテスト結果を語り合うのだけど、野球部の3年は最後の夏だ。迂闊《うかつ》に相談でもしたら迷惑になるだろう。丸も、そしておそらくはテニス部の新庄《しんじょう》も部活と勉強とで手一杯のはずだ。迷惑はかけたくない。

俺は成績表を鞄《かばん》の奥の方へとしまいこんだ。

考えてもしょうがない。弱音を吐こうが受験は来る。対策を取らなければこのまま点数は下がり続けるかもしれない。

火曜日の放課後。いつもならばこのままバイトだ。

けれども中間テストがあったから、書店には連絡を入れて今日いっぱいまで休みを入れである。その時間に集中して予備校の講義を取っていた。

今日も講義があった。

自転車を飛ばして俺は予備校へと向かった。


成績が下がったということもあり、俺は気合を入れなおして講義を聴いた。

いつもよりは集中できたとは思う。

けれど、それでもまだ足りないという気持ちもあり、講義の終わりを知らせる鐘の音とともに、俺はふたたび気持ちを切り替えるきっかけについて考えだした。

バイトの代わりに入れていた予備校の講義も今日で終わりになることだし、事態は急を争うのだった。

きっかけは予備校からまさに帰ろうとしていたときにやってきた。

見つけた瞬間に、これだ、と思った。

出入り口に近い掲示板の前、俺は一枚のポスターを見て足を止めていた。

真《ま》っ直《す》ぐ家に帰ろうとした俺の視界に偶然入りこんだお知らせには迫力のあるフォントでこう書かれていた。

『夏期集中勉強合宿』

宿泊しながら受験に向けての集中学習ができるらしい。

いつから貼られていたのか全く憶《おぼ》えがない。しかし、今日このタイミングで目に留まったという事実こそ俺自身が気にしているということの表れじゃないのか？

惹《ひ》かれたのは『集中』の二文字。

今回の中間テストの不甲斐《ふがい》ない点数の原因は間違いなく集中力の欠如だ。

綾瀬《あやせ》さんと同じクラスになってから、どうしたって彼女を意識してしまっていた。最近はなにもなかったものの、気もそぞろな日々が続き、同じ場所に居れば彼女のことを目で追ってしまうし、自宅で顔を合わせないときでも隣の部屋にいると意識するだけで気になる。

綾瀬さんのせいではない。ただ、このまま彼女のそばに居続けたら、気付いたときには取り返しのつかないことになってしまうのではないか。テストの結果を前に感じた不安の正体が見えてきた気がした。

気になるものを手の届く距離より遠くへ置くことが必要——。

意識しないようにする、という意識さえ持たなくて済む距離まで遠くへ。

掲示板のポスターを眺めながら、夏休みのことを考えてみる。

バイトは減らすつもりだ。ただでさえ成績が下がってきているし、そもそも受験生だ。

その時間を充てて予備校に行くことはできる。綾瀬《あやせ》さんは予備校を利用していないから、予備校に行っている時間は集中できるはず。

実際、今日もいくらかは効果があった。

だが金銭的にはこれ以上の講座を取る余裕はなかった。バイトも休んでしまうのだから、ますます厳しい。

講座を受けには行くだろうけど、今以上に増やせるかは難しい。藤波《ふじなみ》さんのように自習室を利用しようか。そう考えてから待てよと思った。炎天下に混み合う渋谷《しぶや》の駅近まで出歩いて疲れてそこから勉強なんて——あまりにも効率が悪くないか?

そう思ってしまった。

しかしこのままでは必然的に家にいることが多くなるだろう。すると、どうなるか。

綾瀬さんと過ごす時間が増える。

朝起きれば顔を合わせ、昼ごはんは持ち回りで作ったりして、夕方に休憩でもしてたらリビングで一緒になったり、夜だって当然同じ食卓を囲むわけで。

これはマズい。いや、悪くはない。むしろ嬉《うれ》しいんだけど。だからこそ喜ばしくない。

普通に過ごしてる今でさえこのありさまだ。学校もなくなって、朝から四六時中ひとつ屋根の下になったとしたら。

俺は掲示板に留められた封筒から夏期合宿のチラシを手に取る。

綾瀬さんとのこれからのために、あえて一度距離を置く必要があるのかもしれない。

建物から出て、ふと見上げた空はぶ厚い雲に覆われていた。

天気はいつの間にか下り坂にかかっているようで、肌を撫《な》でる風も湿り気を帯びてきている。雨の匂いがする。

俺は、覚悟とともに予備校を後にした。


駐輪場で自転車に乗る前に携帯を確認すると、ＬＩＮＥのメッセージが入っていた。

アプリを立ち上げて読む。

「……親父《おやじ》？」

【緊急で会議が入った。亜季子《あきこ》さん経由で沙季《さき》ちゃんと代わってもらった】

うん？　ああ、食事当番のことか。

今日は火曜日だから親父が食事を作るはずだ。元々俺がバイトを入れていた曜日だから親父の当番日で。だから予備校の受講もできたわけで。俺の帰りが遅くなることは親父もわかっている。交代するとしたら亜季子さんか綾瀬さんに頼らざるを得ない。亜季子さんにも用事が入ったか、綾瀬さんがテストが終わったからと引き受けてくれたんだろうな。

ということは親父《おやじ》は今日も遅いのだろうし、綾瀬《あやせ》さんのことだからきっと先に食事を済ませてしまうなどせずに待っているだろう。

早めに帰って手伝おう。

俺はそう考えてから自転車に跨《また》がった。

チラシを持ち帰った俺は少しばかり気分が上向いていたのだ。

渋谷《しぶや》の街を通り抜け、俺は自宅のマンションへと向かってペダルを踏む足に力を込めた。

降り出す前には帰れそうだった。


俺の予想は半分あたって半分はずれていた。

マンションの駐輪場へと滑り込み、自転車を置くと、俺はＬＩＮＥで綾瀬さんに帰宅を告げるメッセージを入れた。試験結果が返ってきたからといって、浮かれて遊びに行くという性格ではないから、さすがにもう帰っているはずだ
着信音が鳴り、すぐに返事が戻ってくる。

【ごめん。まだできてない。もうちょっと待って】

おや、と思う。

綾瀬さんに特に用事がない日だと思っていたから意外だったのだ。教室も俺よりも先に

出て行ったし。

自宅の扉を開け、「ただいま」と声をかける。

返事はなく、キッチンのほうから音がする。

覗きに行ってみると、綾瀬さんが大慌てで料理の支度をしていた。

「あ、お帰りなさい。ごめん。ちょっと遅れちゃってる。すぐ用意するね」

「だいじょうぶ。手伝うよ」

鞄《かばん》を部屋に置いてきてから手早く着替えて俺はキッチンに入った。

手伝うといっても出過ぎた真似《まね》をしない程度にだ。

役割を分担している以上はなるべく原則を破らないようにしようというのが、俺たちが話し合って決めたルールだからだ。そう言わずに手の空《あ》いてる人がやればいいじゃないかという考えもある。しかし臨機応変に互いを支え合うと言えば聞こえはいいが、当番制を崩すのは危険も孕《はら》んでいる。

慣れというのは恐ろしいもので、一度助けてもらうと次も助けを期待するようになり、しまいには助けてくれないことを非情だとさえ思うようになるのだ。

互いを思えばこそ、初めに決めた方針を崩さないことは重要。

なので、当番を交代した綾瀬さんが夕食を作り、俺はあくまで手伝いというポジションに収まるのは健全だと言えよう。

なんとか支度を整えてふたりそろって席に着く。

「いただきます」

綾瀬《あやせ》さんと向かい合って手を合わせる。少しばかり遅い夕飯だ。

今日のメニューは味噌汁《みそしる》、ほうれん草と油揚げの煮浸し、鮭《さけ》とキノコのバター蒸し、そして白米と大根の漬物だった。

ぱっと見では分かりづらいが、時短のワザが光る品々だ。まあ、俺も作業を共にしていなければ気付かなかったかもしれないが。

まずは味噌汁で口の中を湿らせていく。

ほっとひと息。冬でもないのにこんな動作をしてしまうのはなんでだろうか。単に味噌汁が熱いからか。

具はワカメと長ねぎ。

磯《いそ》の香りが柔らかく広がっていく。おいしい。

ワカメは水で戻すだけだし、長ねぎは冷凍したものなのでそれほど手間はかからない。冷凍すると質が一段落ちるからなるべく生野菜を使いたいというのが綾瀬さんのこだわりらしいが、手軽さと味を天秤《てんびん》にかけた結果、前者を選んだらしい。

買ってきた長ねぎを切ってからチャック付きのパックに入れて冷凍しておけばいつでも好きなだけ使えるという寸法だ。確かに生野菜とは少し違うが、充分においしいと思う。

続けて、ほうれん草と油揚げの煮浸しに箸を伸ばす。

油揚げをゆっくり噛《か》むと、白だしとめんつゆを合わせた煮汁がじゅわりと染み出してくる。ほうれん草も柔らかくておいしい。

これは簡単に見えて経験がモノを言う一品だった。

作り置きのほうれん草のおひたしと、カット済みのお揚げを小鍋に放り込んだ綾瀬さんが目分量で調味料を足していき、適当なところで火を止めて冷ましていた。煮物は冷めるときに味が染みるからだそうだ。他の品が完成するころ食べやすい温度になるタイミングで火を止めるなんて、まず自分にはできない。

綾瀬さんに言わせれば手軽だそうだ。だって食材を放りこんだだけでしょ、と。

経験者は自分の当たり前が他人の当たり前じゃないことを忘れがちだ。

俺にでもできる手軽さなんてのは、そう、例えばこの鮭とキノコのバター蒸しくらい。

鮭の身を箸先で切りほぐし、キノコと合わせて口へ運ぶ。

醤油《しょうゆ》とバターの香りがふくらんだ。すぐさま白米に箸が伸びてしまう。キノコはぶなしめじという名のキノコだ。加熱してあってもジャキっとした繊維が感じられるのが嬉《うれ》しい一品だった。

本日のメインディッシュは白飯泥棒として立派に活躍している。

驚きだよな。まさかこんなに美味《おい》しい一皿がレンジでできるなんて。

そう、俺にでもできると言ったのはレンチンだ。

フライパンやグリルで焼く方法が一般的らしいが、今日は時短の日。彼らはお呼びではなかった。それに、あまりやりすぎると俺に課された『お手伝い』の範疇《はんちゅう》を超える。

時短、かつ簡単。

そんなワガママな要求を叶《かな》えてくれるのがこの『レンジで簡単！　鮭《さけ》とキノコのバター蒸しレシピ』だった。

綾瀬《あやせ》さんのレシピのストックには驚かされる。

ちゃんと作りたい、と言いつつも、現実的なラインもしっかりと押さえているのが彼女らしい。

俺がやったのは彼女の指示に沿って適切な時間でレンチンしたくらいだ。食材を切るのも味付けをするのも綾瀬さん。なのに、俺の好みの味になっている。ちょうどいい塩気と脂っこさだ。細かく注文を付けたことは一度もないのに彼女はいつ俺の舌にチューニングしてくれたのだろうか。

そうして湯気立つ温かなご飯を食べていると、冷たいものも欲しくなる。そんなときに見せ場があるのが大根の漬物だ。

パリポリとした食感も白米とは対照的で、それが心地よく食事に彩りを与えてくれる。

綾瀬さんの料理はやっぱり美味しい。

夕食を堪能していると、綾瀬さんが不意に切り出してくる。

「もうすぐで……一年、になるでしょ」

箸が止まる。

なんの話だろうか。って、ああ。

出会ってから、一緒に暮らし始めてから、そんなに経《た》つんだ。

「あの時は驚いたよ。小学生が来ると思ってたら同い年の女子が来たから」

「あったね、そんなことも」

綾瀬さんは苦笑いする。

出会ったときのことを思い出しているにちがいない。

撮られるのを好まない彼女には写真が幼少期のものしか存在せず、しかも、亜希子さんがうっかり伝えるのを忘れていたのだ。だから俺は年の離れた妹ができると思ってた。

「私ね、ちょっと覚悟してたんだ」

「話の通じない人と住むことを。だから来てくれたのが浅村《あさむら》くんでよかった。すり合わせを受け入れてくれる人でよかったって」

「覚悟？」

「それは俺こそ……」

はっとなった。

『私はあなたに何も期待しないから、あなたも私に何も期待しないでほしいの』

初めて会った時、綾瀬《あやせ》さんが言っていたっけ。

相手に期待しない。そのうえで相手と適切に関わるという取り決め。それが、俺たちのすり合わせだったはずだ。

夕食の当番問題と同じだと気づく。

互いの領分を越えないからこそ節度が保てる。でも、領分を越えないからこそ、対話が欠かせない。

俺たちはそうやって今の関係性を築き上げてきたんだ。

家事の分担ではできているのに、肝心の現状は言いだせないなんて滑稽な話だ。

伝えることを怠けていたのかもしれない、俺は。

いま、改めてそう感じた。

「綾瀬さん、あのさ」

俺は茶碗《ちゃわん》と箸をゆっくりと下ろした。

それから、ここ最近のモヤモヤについて包み隠さずに話した。

学年が変わりクラスが同じになってからどうにも集中が欠けてしまうこと。現状を変えることができなかったこと。成績が奮わなかったこと。そしてなにより、そうした問題があるにもかかわらず、無意識のうちに見て見ぬふりをしていたこと。

綾瀬さんも箸を止めて聞いてくれた。

あらかた話し終えると、彼女はゆっくりと口を開く。

「同じだった。私も」

「え」

「成績だって落ちてたし、授業中に居眠りしたり……」

驚いた。自分の耳を疑ってしまう。

授業中に居眠りだって？　家の外では完全武装の綾瀬さんが？

「すり合わせをしようとしなかったのは私も同じなの」

気付かなかった。いや、気付けなかった。自分のことで頭が精一杯で綾瀬さんのことにまで考えられる余裕がなかった。彼女も悩んでいたなんて。

「でも、昨日までの私だったら、きっとすり合わせしたとしてもうまくはいかなかったと思う。実はね……」

彼女は今日の出来事を話しはじめた。

放課後、綾瀬《あやせ》さんは月《つき》ノ宮《みや》女子大学にまで赴き、最近の自らの不調について工藤《くどう》准教授に相談してきたのだという。

「私が聞いてきたことを浅村《あさむら》くんにも聞いてほしい。それで一緒に考えてほしい」

綾瀬さんはそう言って、工藤准教授との会話を語り出した。

キーワードは、共依存、だった。

●6月1日（火曜日）　綾瀬沙季《さき》

下校中。ビルの谷間から空を見上げる。

授業時間にはあれほど青一色だったのに白い雲が増えていた。

日が陰り、風があたると肌が粟立《あわだ》つ。半袖のシャツから伸びた自分の腕をさする。

肌寒くなってきたけれど、雨でも降るのだろうか。

視線を下ろす。やけに気になる歩道のひび割れたでっぱりを見つけた。

ローファーのつま先でこつんと蹴っ飛ばす。

……痛い。

ふつうに痛かった。

「なに、やってるんだろ」

零《こぼ》した言葉は誰かに聞かれる前に風が攫《さら》っていった。

駅前繁華街の帰り道。歩きながら私はテストの結果に打ちひしがれていた。

今日ですべての採点済み解答用紙が返ってきた。それどころか学年全体の平均点や自分の偏差値など諸々《もろもろ》含めた成績表も返ってきた。

落ちていた。

席次も平均点も。

2年のときよりも下がってしまい、私は目の前が暗くなった。怖くて浅村《あさむら》くんのほうも見ることができず、逃げるように教室を後にしてしまった。

「なんで……」

呟《つぶや》いたものの、原因は自覚できている。

それを原因だと言いたくはなかったが、こうなってしまった以上、もう目を逸《そ》らしつづけるわけにはいかない。

原因は浅村くんだ。浅村悠太《ゆうた》というヒト科ヒト族の哺乳動物の存在そのものだ。

より正確に言えば、その存在に意識をからめとられてしまう私の弱さだ。

義兄《あに》の存在が私の勉学への集中力を妨げている。そう、浅村悠太との義妹《ぎまい》生活がすべての原因とも言え……落ち着いて、沙季《さき》。

どうどう。焦るな。

今のお母さんたちの生活を壊すわけにはいかないんだ。

受験を翌年に控えた子どもを持つ親同士が、子どもに対する何の配慮もなく同居へと至るわけもない。私自身はお母さんから、無理なようなら卒業まで別居する、なんだったら結婚だって私が大学卒業するまで待つ、という案も聞かされていたし、そもそも私自身が卒業後はひとり暮らしを始めるから一年半の辛抱だよ、と頑固に言い張っていたことが、ふたりの結婚へのハードルを下げたわけで。

私はお母さんに幸せになってほしかった。私のために延期や諦めるなんてしてほしくなかった。私はリスクを承知して浅村家へと付いてきたのだ。

だからこそ私は浅村くんに、あなたに何も期待しないから、あなたも私に何も期待しないでほしい、と強く言った。彼との間には距離を置いておきたかった。

それなのに……。

なんで自分の気持ちなのに自分の思い通りに操れないのだろう。

「どうしよ」

こんな気持ちを抱えたまま家に帰りたくなくて、私はきわめて珍しいことに目についたファストフードの店の自動ドアをくぐった。制服姿のままこういう店にひとり入るなんてひょっとしたら人生初かもしれない。注文したホットコーヒーひとつを抱えて座る。肘をついて茶色の液体にちびちびと口をつけながら考えを巡らせる。

どういうことか今の状況を整理して検討しよう。

今の状況――受験生であるにも拘《かか》わらず成績が落ちてしまっている状況のことだ。

私の脳内で裁判が始まった。

原告・私、被告・私、傍聴人・私、裁判官ももちろん私。

罪状は学力低下。

まずは原告側の検察官が糾弾する。

――原因は浅村悠太《あさむらゆうた》である！　彼の存在を抹消すべき！

――異議あり！

被告側の弁護士が叫ぶ。

裁判官が小槌《こづち》を鳴らした。静粛にと場を鎮め、検察官に詳しく述べるようにと促す。

傍聴席まで含めて静かになった。全員の表情が真剣だった。全員私だけど。

検察官が発言する。

――明らかに綾瀬沙季《あやせさき》の勉学に対する集中力は落ちています。

誰も異議を唱えなかった。その通りだ。

――原因は浅村悠太。彼の存在が脳内をちらつき、目の前の教科書の文字は踊り、ペンは止まり、海馬はサボタージュを行っているのであります！

一気にそう捲《まく》し立《た》てた。カイバって何？　と傍聴席にいた7歳の――実父が優しかった頃の私が首を捻《ひね》り、実父の母への扱いが酷《ひど》くなった頃のひねこびた瞳をするようになってた13歳の私が「さあ？」と肩をすくめ、17歳の私が「海馬っていうのは覚えたことをずっ

と覚えておくべきかどうかを判断する脳の一部よ」と解説していた。

要するに、覚えることをサボってるよね、ということを検察官は難しく言ってるだけだ。偉い人は難しい言葉を使いたがる。

ちなみに今回も異議はなかった。ここまでは全綾瀬沙季《あやせさき》が同意らしい。

——このように被告は勉学に対する集中力を著しく欠いており、その原因は明らかであります。被告は浅村悠太《あさむらゆうた》の存在が勉学よりも気になってしまっている。

そう言ってから検察官が被告側を睨《にら》む。

弁護士が検察官を睨み返す。

裁判官が弁護側へと顔を向けた。

——検察側の陳述を認めますか？

弁護士が答える。

——認めます。

ええ!?　と私は内心で悲鳴をあげる。認めちゃうの!?　それは……まあ、うん。気にはなってしまうよね。好きに……なった相手のことなんだし。

——ですが、裁判官！

弁護士が反論を始めた。いいぞ。

——被告が浅村悠太への恋心を自覚したのは。

こ、こここ、恋心？　私はふたたび内心で悲鳴をあげる。なんという恥ずかしいワードをチョイスするんだ。思考の中の裁判所で傍聴している私がバタバタと両手を振り回して恥ずかしがる。

裁判官が小槌《こづち》を鳴らした。静粛にするように綾瀬沙季、と怒られた。

なんで私、自分で自分に怒られてるんだろう……。

——続けます。こいごころ、もとい、恋心、いや、恋慕の情を綾瀬沙季が意識したのは3年生になるよりも遥《はる》かに過去であります。もし、その感情を対象の男子に向けることが原因であるというならば、成績の低下は遥か過去より起こっていたはずであります！

弁護士は理路整然と捲《まく》し立《た》てた。この弁護士、頭いい！　私だけど。

そしてここで私自身も自覚した。

成績の低下は3年生になってからだ。……どうしてなんだろう？

検察官が「異議あり！」と叫ぶ。

——私は原因を恋慕の情であるとは言っておりません。

はっとなる。

自分の思考であるにも拘《かか》わらず、私は息を止めて検察官の次の言葉を待った。

——このような状況が起こっている原因がどこにあるかは明白であります。事態が深刻化したのは被告が高校3年生になってからであり、つまり被告の環境に変化があったからであります。

あ、うん。確かに。

——被告である綾瀬沙季《あやせさき》は2年の後半に浅村悠太《あさむらゆうた》と互いに互いを想《おも》いあっていることを確認しており、ここにおいて恋人契約が結ばれたと見なされます。

ここ、こいび——最後まで言い終える前に裁判官は小槌《こづち》を鳴らした。

はい、黙ります。

——そしてパラワンビーチの吊り橋《つばし》の上で抱き合い、接吻《せっぷん》まで交わし、あまつさえ共にベッドで抱き合ったまま寝落ちすることまでしている。そこで被告に問います。

こっちに流れ弾が飛んできた。

——あの寝落ちした日の次の日。あなたの調子はどうでしたか？

私は記憶を浚《さら》って思い返した。浅村くんと一緒に寝落ちした次の日……。そう、授業中であるにも拘《かか》わらず人生初といっていいことだが寝てしまったのだ。うっかりと。やはり学力の低下は。

——ちがいます。勉学の話ではなく、あなたの調子は？

へ？　ああ。そう、あの日は一日中不調だったっけ。バイト先でもミスばかり。家に戻ってからもヘッドフォンをつけたまま寝ていた。どうしたって眠気のほうが先に立ってしまってしかたなくそのままベッドに入ったのだ。

——被告は意識的に忘れようとしているようですが、綾瀬沙季は当時かなりの睡眠不足下にありました。

私は息を呑んだ。

——なぜならば3年生になってから集中できず、受験勉強が捗《はかど》らず、そのために勉強に掛ける時間は増加しつづけていたからです。夜遅くまで机に向かって、それでも終わらなかった。

あ……。

——いつ授業中に寝てもおかしくない状況にあった。にもかかわらずその日までは耐えていた。ではなぜあの日に限って寝てしまったのか。

ああ、だめだ。私は知りたくない結論に向かって推論を進めつつあった。だめだ。言うな言うな言うな言うな言うな。

——被告は、前日に浅村悠太と抱擁を交わし心の安寧を得てしまったのです！

あ。

ああ。

――ま、平たく言えば、ほっとしてひと息ついて気が緩んじゃったんですね！

ジト目になって検察官は被告席の私を指さした。

人を指さすんじゃない。その突き出した指をかじってやろうか。追い詰められた私は、
そんなことを考えながら検察官を睨《にら》みつけていた。どっちも私だけど。

そうしたら弁護士までが肩をすくめながら言う。

――あ、はい。同意します。

すな。

――油断したんですねー。ほっとしたんですねー。そしてそれまでの疲れが一気に出た。

それゆえの不調だったわけです。

ちょっと待て。なんで私は検察側からも弁護側からも吊《つ》るし上げられているんだ？

裁判官は眼鏡をくいっと持ち上げる。

――はて？　すると、どういう結論になるわけですか？

検察官と弁護士がふたり同時に語り始める。脳内裁判所では左右からまったく同じ言葉
が聞こえてきた。

――結論は明瞭であります。

――被告にとっての浅村悠太《あさむらゆうた》は、言わばライナスにとっての毛布！ くるまっていてこそ安眠でき、無くなれば不安で眠れなくなる。被告は、浅村悠太と3年生になってから同じクラスになっており、相互の距離はより接近したと言えます。にも拘《かか》わらず、交流は2年時よりも減っている。安眠枕・浅村悠太を欠いた状態がつづいており、これが彼女の睡眠不足を引き起こしており、学力への集中を欠くという状態異常を起こしている。被告は深刻な浅村悠太不足なのです！

あ、浅村悠太不足!?

検察官と弁護士の発言に、へー！ あきれた。なるほどねぇ！ と傍聴席の7歳の綾瀬《あやせ》沙季《さき》が13歳の綾瀬沙季が17歳の、彼と出会う直前の綾瀬沙季が深く頷《うなず》いていた。

誰も異議申し立てをしてくれない。大いに納得したという表情ばかりだ。

そんな嘘《うそ》でしょ。

……でも、もし本当にそうだったらどうしよう？

私の集中力の欠如は深刻な浅村悠太不足によるものなのだろうか？ もっと直接的に言えば、ハグとかキスとか添い寝とかが足りないってことなんだろうか。充分に摂取すれば2年のときのように戻るんだろうか。

だけど検察官は次に予想外の言葉を言い放った。

――綾瀬沙季《あやせさき》から『ライナスの毛布』を取り上げるべきだと進言します。

――浅村悠太《あさむらゆうた》との訣別《けつべつ》を！

なんで、そうなるの！

はっ。

私は思わず口許《くちもと》を両手で押さえていた。えっ。いま、私、リアルに叫んでたりしないよね？　目を開いた私は、おそるおそる店内を見回した。ほっとする。誰も自分のほうへと振り返っていたりしない。どうやら叫んだのは脳内だけだったらしい。心臓をどきどきさせつつ、私は握りしめていたコーヒーの残りをあおった。

私は自分の脳内で出たおそろしい結論に対して恐れ慄《おのの》いていた。

浅村くんが居なくなればって、私はいま、考えているのか……？

ペポン！

鳴った着信音に私ははっとなる。

携帯に何か着信があった。復帰させてチェックすると、真綾《まあや》からＬＩＮＥのメッセージが届いていた。

【沙季、おひさ～♪　元気してる？　たまにはわたしに相談のひとつくらいしてくれてもいいんだよ～♪　わうわう♪】

……真綾ったら。

笑う子犬のスタンプと一緒に送られてきたメッセに一瞬だけ和む。いったい何を感じとったのか。できすぎなくらいのタイミングだ。

相談したい、と強く思った。私には同性の気易《きやす》く話のできる知り合いが真綾しかいない。でも、彼女もまた私と同じ受験生で、負担なんて掛けたくない。

どうしたらいいんだろう。

どうにかしてこの問題を解決しないと、とてもじゃないけれど、月《つき》ノ宮《みや》女子大学の受験なんて不可能だ。どこかに相談に乗ってくれて、かつ私の心の痛まない都合の良い人材はいないだろうか。

……いるわけない。そんな都合のいい人物。現実には物語のように困ったときに現れてくれる魔法使いのような都合の良い助け手なんて存在しないのだ。

そのとき、ふと、ひとりの人物の顔が脳裏に浮かんだ。

もしかして、と鞄《かばん》を漁《あさ》る。奥底にメモ用紙が折り畳まれた形のまま残っていた。書いてあるのはそっけないメールアドレスがひとつ。まだ、なくしていなかった。

月ノ宮女子大で思い出したのだ。以前のオープンキャンパスで工藤《くどう》准教授から『悩みがあったら連絡してくれ』と言われていたことを。

思い切ってメールを送ってみた。それから、今日はとにかく家に帰ろうと椅子から腰を浮かしたら携帯が鳴った。

メールの着信音。

まさかと思って見てみると、信じられないことに工藤《くどう》准教授からだ。

「5分も経《た》ってないのに……」

すとんと腰を落としてメールを開く。

『この前の部屋で待ってるよ』

……は？

え？　なにこれ。もしかして来いってこと？

頭を抱えていると、ふたたびの着信音。

『なんだったら、その、浅村《あさむら》くんとやらと一緒に来てくれても構わない』

「うそ……」

私は自分の送ったメールを慌ててチェックする。けれど、何度読み返しても相談したいことがある、という内容以外には浅村くんの名前の欠片《かけら》だって書いてやしなかった。

なんでわかるの!?

私は、空っぽになったコーヒーカップをトレイに載せ、今度こそ席を立った。

電車から降りて改札を抜けた。

湿り気を帯びた風が体にまとわりつく。

梅雨にはまだ早いのに、重苦しい色の雲からは今にも銀の雫《しずく》が落ちてきそう。このまま辿《たど》りつくまで降らないでいてくれると良いのだけど。

ねずみ色の空を見上げた私の瞳は、垂れこめる雲の圧に負けるかのように引き下ろされる。

ふわふわした私の気持ちにとって頼りになるのは硬いアスファルトの地面だけだ。私は視線を落としたまませっせと足を動かす。

一度だけ入ったことのある大学の門まで辿りついた。

けれど、今日はふつうの平日。

オープンキャンパスのときとは違って、外部の人間ウェルカムモードではない。看板も立ってないし、私のように高校の制服を着た子なんて誰もいない。

赤い煉瓦《れんが》色の門の入り口から奥に向かって点字ブロックが伸びていた。すこし入ったところに守衛さんが立っていて、学内に入る人物に鋭い目を光らせている。

本当に入っていいんだろうか。

ポケットの中の携帯にふたたびの着信音。取り出して、もう何度目かになる工藤《くどう》准教授からのメールを見る。守衛さんに何か質問されたら、このメールを見せて通らせてもらいなさい、と書いてあった。

私は思わずきょろきょろと左右を見回してしまう。もしかして監視されてる？　そんなわけはないのだけれど、そうとしか思えないほど正確に自分の行動が読まれていて、背筋がひんやりとしてしまう。

意を決して入ろうとして、足が止まる。

大学生の一団が歩いてきて門を通り抜けてきた。

ぶつからないように慌てて端に避《よ》けた。

別れの挨拶をしつつ、門を出た集団は左右に分かれて散っていく。ほうっと安堵《あんど》の息をついた。

「きみ、本校になにか用かな？」

ぎくり。心臓が口から飛び出るかと思った。

振り返ると、見覚えのある……先ほどの集団の中にいたお姉さんたちの一部、やたらと背の高い女性と小動物のごとく小さな女性がふたり、私の前に立っていて、まっすぐに見つめられている。

「あ、えと……」

「その制服。見たことあるなあ」

ややハスキーボイスで背の高い女性が言った。

「すいせいだよ」

となりの小さな女性が指摘する。

「うん？ ペンの話はしてないぞ」

「ちがう、ちがう。しずちゃん、ぼけないで。油性と水性の話なんてしてないよ。ほら、水星《すいせい》高校だってば。東京のあっち側にある、とっても頭のいい子たちの通う高校だよお」

あっち、と言いながら駅のほうを指さしていたけれど、残念ながら駅はそっちだが水星高校のある方角は真逆だった。

目の前の小さな女性はほわほわほわとした頼りなさげな雰囲気を漂わせており、その隣の背が170ほどもありそうな女性と好一対を成している。

背の高い女性が隣の女性の言葉になるほどと頷《うなず》く。

「で、うちの学校に何か用があるのかい？ 今年はまだオープンキャンパスはやってないと思ったけど」

「あ、その、ちがいます。ええと、その……工藤先生に、その、呼ばれてて」

おそるおそる口にした瞬間に、目の前のふたりの表情が劇的に変化した。

「あー」

「かわいそうに」

え？　え？　え？

「そういうことか。わかったよ、案内してあげる」

「えっ。あ、だいじょうぶです。その……場所はわかりますから」

「なんてことだ。すでにお手付きか」

「しずちゃんってば、言い方！」

ふたりはそんなことを言いながら私を左右から挟み込んだ。え？　ちょっと待って。

「まあ、遠慮しないでいい。私たちが一緒のほうが通りやすいだろう」

「そうそう。遠慮しないでいいからいいから」

「工藤《くどう》センセのモルモッ……お客様ではしっかりと案内しないとね」

「うんうん」

あの、いま、モルモットって言わなかった!?

「ちょ、ちょっとそんなに手を引かないでください」

左右から腕をがっしりと掴《つか》まれて私はそのまま校内へと連れ込まれてしまった。

歩いた道のり自体は前回に連れていかれたとおり。

工藤准教授の部屋も前に訪れた場所から変わっていなかった。扉の前まで連れてきてくれたふたりは、そこでお別れの挨拶をして帰った。道すがら聞いた話では、ふたりとも准教授のゼミに所属している学生だそうだ。なんだかんだ言いつつも、誰にも見咎《みとが》められずにここまで来れたのはふたりが案内してくれたおかげだ。有り難い。しかもふたりはいちどは門の外へと出て帰るところだったわけで。

不安になるようなことばかり言ってたけど。

いざとなったら、すぐに逃げるんだよ、とか。逃走経路を確保する為《ため》にドアと自分との間に工藤准教授を立たせないようにね、とか。

工藤先生は暗殺者か何かなの？

扉を前にして私は深呼吸を繰り返した。ここまで来たんだ。今さら引き返せない。

ノックを3回。

返事がない。

あれ？

ノブを軽く回してみる。

開いていた。

……席を外しているだけ、とか？　すこしだけ開けてようすを窺《うかが》う。

「あの……誰か、居ますか？」

返事はやはりなく、覗いている隙間にも誰の姿も映らない。いや、待って。あのソファの向こう側に、机や椅子の脚の間に見えているのは誰かの足では？　裸足《はだし》だ。窓に近いほうの床に横たわっている。白衣の裾が見えた。

誰か、倒れてる？

慌てて扉を開けて中に入った。駆け寄って机を回り込む。顔を見る前からわかっていたが、工藤《くどう》准教授だった。

「大丈夫ですか！」

「ん……？」

体の左側を下にしていて寝ていた。

ぱちりと目を開けると、ふわあとまず欠伸《あくび》をひとつ——欠伸？

「あ、あの」

「沙季《さき》君。電車をひとつ、乗り過ごしたね？」

「え」

工藤准教授はゆっくり体を起こすと、ポケットに入れていた右手を出した。携帯が握られている。その携帯をテーブルの上に置くと、白衣の表面をおざなりに叩《たた》いてから、天井に向かって伸びをした。

「んー」

「寝てたんですか」

「おはようと言って欲しいのかい？　おはよう」

やっぱり寝てたんじゃないか。

意外と天邪鬼《あまのじやく》だな、この人。

「はあ。おはようございます」

「ん。まあ、座りたまえ」

視線でソファへ座るようにと私を促した。そのソファはオープンキャンパスで来たときにも座らされたっけ。

「コーヒーでも淹《い》れよう。目が覚めるぞ」

「私はだいじょうぶです。それにコーヒーは飲んだばかりなので」

「では、前回のように紅茶がいいかな。いや、いいのがあるぞ。玉露だ」

言いながら、背の高い掃除用具入れみたいな扉を引っ張って開けた。ぎっしりと書類が詰まっている戸棚だった。その棚のひとつだけ書類ではなくて茶器と茶葉が並んでいる。

……自由だな。

「玉露って高いんですよね？」

「ティーバッグ入りなんだ」

「……安いんですか？」

「お茶のパックとしては高いほうかな。玉露は飲んだことあるかい？」

「一応あります。でもせっかくの高級茶なのに、ティーパックって、なんかもったいないような……」

「嗜好品《しこうひん》は雰囲気を含めて味わうもの、という観点から見れば残念かもだけれど。でも成分は変わらないし。手軽だから愛用している」

言いながらも工藤准教授は部屋の中を忙《せわ》しく歩きまわる。電気ケトルで湯を沸かして、紅茶用のティーカップを温めてから玉露パックでお茶を淹れてくれた。

向かい合うソファの間にあるガラステーブルの上にふたり分を並べると、ふたたび戸棚を漁《あさ》って何かを取り出してきた。スナック菓子の袋に見えた。それをべりっと破ると、そのままテーブルの上に広げる。ポテチだった。塩味。

「お茶請けだよ」

「……あ、はい。ありがとうございます」

ふと気づいて私は目の前で長い脚を組んで座っている工藤《くどう》准教授の足を見つめた。

「なんで裸足《はだし》にサンダル」

「暑かったからだよ」

当然という顔をされてしまった。

「じゃあ、暑かったからあんなところで寝ていたんですか？」

「いや、それはまた別の理由だ。つい好奇心でね」

「好奇心？」

「そうさ。こう、カップルで眠るときって向かい合って顔を合わせるじゃないか」

「そうなんですか」

「じゃないとキスもできないぞ？」

き、きすって。いきなりなんなんだ。

「ということはだな。片方は左半身を下に、もう片方は右を下にすることになる。もしかして男女の寿命や健康の傾向にもそのことが関係あったりするのかなとふと気になったのだよ」

「は、はあ……」

どういうことだろうかと訝《いぶか》しむ。その表情を見て察したのだろう、工藤准教授はしかたないなとばかりに解説を始めた。

工藤准教授曰《いわ》く。寝るときの姿勢は人間の体調に少なからず影響があると言われていて、心臓のある左半身を下にすると自然と心臓を圧迫することになり心臓への負担がかかるのだという。逆に右半身を下にすると胃腸あたりを圧迫することになり、消化機能に不調をきたすことがあるらしい。

本当なのかな？　私、騙《だま》されてない？

「でも、人間って一晩に何度も寝返りを打つって言いますよね」

「そうだね。ひとりで大きなベッドや布団で寝ていたら、そのとおり。けれど、もし夫婦がひとつのベッドで寝ていたらどうだろう」

「どうって……ぶつかりますね」

「だろう？」

「まあ」

なるほど、寝返りが制限される可能性があるわけか。

「わかるかな？　制限された環境下で寝ている場合と、ひとりでゴロゴロと寝返りを打てている睡眠とでは体への影響はちがうかもしれない」

「おっしゃることはわかりますが」

「たとえば同じ布団やベッドで眠る夫婦の場合、どちらがどちら側で眠っているものなのか、大勢のサンプルを取って調べてみたら、完全なランダムではなくて傾向があるのかもしれない」

「それって、そもそも、ベッドのどちらかの側に男性が寝る確率が高い、みたいな統計的なデータでもあるんですか？」

確率的には二分の一なのだから、自由に寝返りが打てるかどうかとの差はあるかもしれないけど、男女の差など出ないのではなかろうか。

「男性はベッドの左側で寝ることが多い、気がする」

「根拠は？」

「向き合って寝る場合はそうすれば利き手である右手が自由になる！　これは男性にとっては大事なことだと思わないかい？」

そう、なのかな？

しばらく考えてから、私は、浅村《あさむら》くんと寝落ちしたとき、目が覚めたときもそういえば彼の腕の中だったたな、と思い出した。つまりお互いにあのときは寝返りを打ててないことになるわけだけど。

──私、どっち側を下にして寝てたっけ？

──って、なに考えてるんだ、私は。

ど、どっちだっていいでしょ。

私の内心の動揺など知らなげに、工藤《くどう》准教授は楽しそうに解説をつづけている。

「あるかどうかはわからないけどさ。もし、そういう傾向があるならば、これまで男女の差異だと思い込まれていた体調不良の原因の違いが、実は夫婦生活に伴う偏りによるものだった、という発見に繋《つな》がったりしないだろうか？」

……ふつう、そんなこと考えます？

「理屈はわかりましたけど……やはり根拠に欠けるというか……」

「まあ、いま思いついただけだからね。今度いろいろと論文を漁《あさ》ってみようと思うよ」

「漁るんですね、論文」

研究熱心なのか暇なのか悩むところだ。

「百歩譲って何を考えてるかはわかりましたけど、床で寝る必要ありました？」

「横になって考えていたら床がひんやり気持ち良くて」

「つい眠ってしまったと」

「5分ほど気を失っていたんだ」

言い訳が雑だった。

「君が遅いのがいけない。電車を一本乗り過ごしたうえに、校門からここまで5分以上もかかってる」

「乗り過ごしたの、どうして知ってるんですか？」

「水星《すいせい》高校の場所とメールをくれた時刻から放課後の君が居た場所を推測すれば、どんな経路を通ってくるかは想像がつく。来るだろう時間に来ないから、電車を乗り過ごしたか、校門で守衛に捕まってると判断した」

「で、メールを打ってくれた」

「そう」

そして私がここにくるまでの5分ちょっとの間で寝落ちしたわけだ。

「まあ……いいです。それで、差し上げたメールの件なんですけど」

工藤《くどう》准教授は、とびきりの笑顔になった。よしきた。さあ、遠慮するなと偉そうに胸を反らしながら脚を組み替えた。

「話してくれ。綾瀬《あやせ》沙季《さき》の悩みを聴こうじゃないか」

話した。

浅村《あさむら》くんとの関係と、それに伴う集中力の欠如と成績の低下について。

本来なら互いの問題をすり合わせていくのが理想とわかっているのに、それができず、ただ見えないモヤモヤによるストレスだけが溜《た》まっていて自身のパフォーマンスが落ちている……と。

それを聞いた工藤准教授は、私自身の生い立ちも聞かせてほしいと掘り下げてくる。

あまり言いたくはなかったが、実父と母親の関係のこと、それによる自分の考え方などをぽつぽつと語った。

関係ないと思うところは端折《はしょ》ったつもりだけれど、それでもまあまあ時間を取られてしまう。私があまりこういう打ち明け話に慣れてないせいもある。

工藤准教授はひととおり話が終わると、目を瞑《つぶ》ったまま膝の上で手を組み、微動だにしない姿勢で思考を巡らせていた。

彫像のように動かないものだから、時折り睫毛《まつげ》がふるえて生きていることを確認しないと石化でもしちゃったんじゃないかと心配になった。

「ふむ……」

「あ、あの」

ゆっくりと目を開く。そのまま天井を見上げると、口の中で何事かをぶつぶつとつぶやいた。

何を言ったのかは聞き取れなかった。

「それが君の現在の悩みか、綾瀬沙季《あやせさき》」

「はい」

私はソファの上で居住まいを正す。

工藤《くどう》准教授はいままっすぐに私を見つめていて、その視線はまるでX線か何かのように感じられた。丸裸にされている気分。

「沙季君」

「はい」

「私の将来の夢はRPGに出てくる村の長老になることなんだ」

「はい？」

何を言い出したんだ何を。

「落語でいう長屋のご隠居だ。八《はっ》つぁんとか熊《くま》さんとか与太郎《よたろう》とかが相談にやってきたときに、役に立つことを言ったり言わなかったり知ったかぶりをして碌《ろく》でもないことを言ったりするあれだよ、あれ」

「役に立つことを言ってくれるだけじゃないんですね……」

相談してだいじょうぶだったんだろうか。

「当然だろう？ 長老とかご隠居なんてのは、長生きしてて、ちょっとばかり古いことを知ってるだけが取り柄のお役目でいいんだ」

「いいんですか、それで」

「長寿を願う我が子の名前の候補を知りたいからといって、古語や歴史の専門家の門戸を叩《たた》いたら専門家には迷惑だろう？ 昔のように身近に寺の和尚さんがいるわけじゃないしさ。そういうときに寿限無《じゅげむ》寿限無と教えてやるのが長老の役目というものだよ。そして万が一にも専門的なことを知りたければ専門家を頼るのが筋というものだ。大根の薄切りをかまぼこに見立て、たくあんを玉子焼きに見立てることができる。そのくらいがお年寄りの知恵というものさ」

なんの話？

えーと、大根を薄く切ればかまぼこに見えるって？ まあ、そうかも。食感はぜんぜんちがうけど。たくわんを玉子焼きって、それはむりがあるでしょ。黄色しか共通点がないじゃない。玉子焼きのあのふんわり感がたくわんにはぜんぜんない。

「なるほど、沙季君は国語が苦手か」

「え、まあ……」

『『長屋の花見』という落語があるから聴いてみるといい。私はあの話が好きでさ。っと、それはどうでもいいんだった。要するに私は若者の相談事を訊《き》くのは好きだが、実のある話をしてあげられる保証はないよってことだ」

「帰っていいですか？」

「まあ待て。言っただろう。専門的なことを知りたければ専門家を頼れ、と。この場合で言えば君の悩みの専門家は臨床心理士あたりだ」

「臨床心理士……心療内科に行けということですか」

「その判断も含めて、私には断言はできない。だから、解決できないと思ったら、素直に専門家を頼ることをお勧めする。その上で私が思いあたることを話そう」

工藤《くどう》准教授はしごく真面目な声で言う。

「共依存、という状態がある」

「共……依存、ですか」

共依存――。

恋愛物語においては美学のように語られがちだが、実際のところは薬物やらギャンブルやらの他の依存症と変わらない厄介な症状だという。

「共依存という状態は、特定の相手との関係性に依存しすぎる状態のことを言う」

「関係性に依存しすぎる状態、ですか」

言われてもすぐにはピンとこない。関係性に依存するってどういうことだろう？

「元は、アルコール依存症患者と家族との関係において見出《みいだ》されてきたという経緯があるそうだよ。飲酒をしている相手を献身的に支えている身内がいるとする。この場合、お酒を飲むのを止められない人間を支えるというならば、酒を止めさせようと働きかけるのが本筋だろう？」

「そう、ですね」

「しかしここで『酒を飲む金を用意する』という支え方をしてしまったらどうなる？」

言われたことを脳内でシミュレーションしてみる。

金が無ければ酒が買えない。しかし酒代を渡してしまったらお酒が買えてしまう。お酒はやめられなくなる。

「それは支えているとは言い難《がた》いと思います。それに……訳が分からないです。なんで、そんな依存を継続させてしまうような振る舞いをするんですか？」

「順番に見ていこう。アルコール依存者がアルコールに依存しているのはわかるね？」

「ええ、まあ」

「わかりにくいのは、そこから先だ。このアルコール依存者がアルコールを摂取するために、身内に酒代を過剰に頼っていたとする。たとえば夫がアルコール依存者で妻が支援者。妻がアルコール依存者で夫が支援者——どちらでもいいんだが、そういうケースがあったとしよう」

「……はい」

「支援者が酒代を工面する為《ため》に生活が破壊されるほど困窮したとしても、アルコール依存者が酒を飲むことを支援しつづけてしまう。そんなことが起こりうる。なぜなら、支援しつづけるかぎり、相手もまた自分に頼りつづけてくれるからだ」

「頼りつづけてくれる、から……？」

「自分の必要性を実感させてくれるから、と言ってもいい」

「あ、そう言われると、ちょっとわかるかも」

人に頼られるっていうのが気持ちいいことなのはなんとなくわかる。

私は基本的には頼られるのが好きじゃないけど、浅村《あさむら》くんのコーデを考えてあげるのは楽しかったし、自分が浅村くんにとって必要な人間だって感じたのは確かだ。

「支援が適切な量である限りは問題ではない。弟に頼られる兄、後輩に頼られる先輩、なんでもいいが、そういう頼ってくる相手を世話することは一般的には悪いことじゃない。

頼られると嬉《うれ》しいしね」

「私の悩みを聞いてくれる先生もですか？」

「おっと。ふむ。蘊蓄《うんちく》を披露するだけで尊敬が得られるならこれに勝る快感はないと言っておこうか」

いささか偽悪的にも聞こえる言い方をしたのはわざとなのだろう。

「話を戻そう。だが支援が度を越えている場合は問題だ。自分の生活が困窮するレベルであるにもかかわらず、相手が頼ってくれる快感を得る為に酒代を貢ぎつづけるのは、これはもうその関係性を維持することに耽溺《たんでき》してしまっていると言える」

「そういうことが実際にあるっていうことですか」

「らしいね。ものの本を読むとそう書いてある。先ほども言ったが、私の専門は倫理学であって、これは私が理解した限りのことを噛《か》み砕いて言っている」

「詳しくは専門家に聞け、と」

「そうだ。依存状態にあるかどうかも含めて、私では判断できないからね。ただ、理屈は私も大まかに理解したつもりだ。頼られつづけるために――自分がその状態でいつづけるために、自分の生活が破壊されてもやめられない。アルコールに依存している依存者と、本質的には変わらないだろう？　その関係性の維持に依存していると言える」

「関係性の維持に依存……依存対象はちがうけれど、どちらも依存していて、しかもその状態を互いにやめられない状態が共依存ということですか」

「そうなる。そのほうが、両方とも都合がいいからね。酒飲みたさに金をせびればせびるほど相手はより金を渡してくれるんだよ、だから金をせびることをやめない。一方の支援者も、金を渡せば渡すほど相手は酒から離れられなくなるから自分への依存が増える——結果的にふたりの関係性は継続され、より強固になっていく」

聞いていて私はいつの間にか自分の体を自分の腕で抱きかかえていた。背筋が冷たくなるような話だ。まるで互いが互いの張った蜘蛛《くも》の糸に囚《とら》われているかのよう。がんじがらめになって抜け出せない。

「ただ、これは関係性の維持に対する過剰さが問題なんだ。不適切なレベルで頼っているという話だ。夫が妻に頼る。妻が夫に頼る。そのこと自体は咎《とが》められるものではない」

私はお母さんがかつて、太一《たいち》お義父《とう》さんがいるから、身体の不調があったときに今は休めている、と言っていたことを思い出した。ふたりは互いに頼り合っているけれど、あの関係を悪いと思ったことはない。

「過ぎたるは猶《なお》及ばざるが如《ごと》し。やりすぎは足りないと同じくらい悪いことだという言葉だ。問題は過剰な場合なんだよ。お酒は適量まで」

「おっしゃることはわかります」

「共依存という言葉が世間に知られるに従って、最近では恋愛物語においてもしばしば目にするようになった。まあ、大抵は『なんちゃって共依存』なんだが」

「なんちゃって……ですか」

「帯に惹《ひ》かれて何冊か読んでみたが――」

「読んだんですね」

研究熱心なのか暇なのか悩むところだ。いやそれとも意外と好きなのか恋愛もの。

「――読んでみたが、まわりの助言で解決するか、そのままあっさり破滅するかのどちらかだったな、私の読んだやつは」

「お気に召さなかったんですか」

「面白かったよ。とくに一冊、好みのヒロインが居てねぇ。これが実にいい感じに性格がぶっ壊れていて――いや、そういう話じゃなくてさ。誰ひとりとして心療内科を受診することもなく、メンタルケアのサポートを受けることもなく、助言のひとつであっさり解決するか受診もせずに破滅するのを見て頭を抱えた」

「依存だというなら専門家のところに行け、と」

「そう。言っただろう。そんなのは村の長老の出番じゃないってさ。助言のひとつで解決するなら社会問題になってないさ。まあ、若者向けの恋愛物語にはスパイスとして使われているだけだね、あれは」

「はあ」

「なんちゃってな段階なら助言でいい。それ以上進んだら、そこから先は専門家の出番だろう、というのが私の意見だ。で、君たちの場合だが――」

はっとなる。

そうだった、私と浅村《あさむら》くんの話をしていたのだった。

「親に恵まれず、愛情に飢えた状態の者が恋人関係になったときに、相手の愛情に対して過剰に求めてしまう、というのはありそうな話だと思わないか？」

工藤《くどう》准教授の言葉をじっくりと考えてみる。

愛情を過剰に求める……。

過剰というのはつまりふつう以上に、という意味だ。

「どこからどこまでがふつうで、どこからが過剰なんですか？」

「そんなの素人にわかるわけがないだろう？　人によって違うだろうし。酒の適量だって、その人次第じゃないか」

「それは……そうですけど」

頭を抱えてしまう。

かつて工藤先生は、実父からの愛情が足りなかったと感じている私が、足りなかった愛情を補おうとしてたまたま身近にいた男性を欲したのではないか、と言っていた。不足してると心の奥底で感じていれば、そうなるのではないかと。

深刻な浅村悠太《ゆうた》不足――脳内綾瀬沙季《あやせさき》裁判で出た結論が頭を過《よ》ぎった。

そうか。本当に足りないのか、と考えてみなきゃいけないんだ。

足りているはずなのに、飢えのほうが強烈だから不足に感じている。そういう可能性がある。

「綾瀬沙季は、浅村悠太とのスキンシップを過剰に求めていると思うか？」

「……それは高校生として、ということですか？」

「もちろんちがう。『高校生らしい』なんていう概念はとりあえず忘れろ。それは統計的な目安にしか過ぎない。体格の差があれば薬の適量だって厳密には変わるんだ。薬の用量欄に子どもなら何錠、15歳以上ならば何錠って書いてあるだろう？　だが、15歳を越えていても体格や体質が子どものときと変わってなかったら？　体内における化学物質の作用に影響するのは物理と化学の法則であって人間の年齢ではない」

「私にとっての適量があるっていうことですか」

「そういうことになる。メンタルにおいても同じだよ。大多数の人間の精神発達の状況がほぼ同じルートを辿《たど》るとしても、それは個々人には適用されない。社会のルールを作るときは統計的誤差として扱うしかないとしてもね。大人になっても精神のある部分だけ未発達のままでいるならば、その部分に関してだけは子どもと同じように見なさなければならない」

工藤《くどう》准教授の言わんとすることは理解できた。大人の肝臓なら分解できるアルコールも、子どものときには負担が大きいって話だと考えれば。

果たして私にとって浅村悠太《あさむらゆうた》スキンシップは過剰摂取なのか？

適用量以上の摂取を行った結果、私は浅村悠太依存になっていて、摂取できないと気分が晴れず、不安になり、不眠になり、集中力が低下している……と？

いや待て――。

逆の可能性もあるんじゃない？

現象が起きたのは3年になってから。そして脳内裁判でも指摘されたように、3年になってから、むしろスキンシップが減ったことが原因なのだとしたら、過剰摂取じゃなくて単なる不足が原因という可能性も。

「わからなくなってきました……」

綾瀬《あやせ》沙季《さき》は混乱している。

「だから、本当に困ったら専門家に頼れって言っているんだ。だが、その前に必要なのはまずは現状への正しい認識だと思う。そして、共依存ならば自分だけが考えても無駄だ」

はっとなる。そうか、浅村くんも。

「浅村くんも共依存状態にある可能性が？　で、でも、彼は私ほど、その……求めているようには感じられなくて……だってその、節度ある人だし」

そう言いながら目の前の女性を上目遣いに見る。

工藤准教授は持ち上げていたカップをくいっと傾けて優雅にお茶を口に含んだ。

すらりと長い脚を組み、白衣をマントのように着こなし、お洒落《しゃれ》なソファで寛《くつろ》ぐその姿は、まるで西洋の王侯貴族か何かのよう。鼻筋の整った顔は端整で、睫毛《まつげ》が長い。床で寝転がっていたために、あちこち跳ねている髪を見なかったことにすれば、私はこの准教授が実のところ美人に属する人なのだとようやく気づいた。

ティーカップで玉露飲んでるけど。

飲み干したカップをソーサーに置くと乾いた音が鳴った。

「まさにそこがあやしい」

「へ？」

「考えてもみたまえ。なぜ高校生男子が君のような美人に言い寄られて、そんな節度ある振る舞いを押し通せるんだ？」

思ってもみない問いかけをされて私は戸惑う。び、美人って私のことだろうか。

「標準的な高校生男子なんぞ、発情期の猿と変わらんぞ、猿と」

さ、さる？

「どういうことですか」

「君が迫るから、彼は迫らずに済んでしまっている、ということだよ。思うに、その浅村《あさむら》悠太《ゆうた》くんは自分から見知らぬ他人へと積極的に関わっていくタイプではないね」

浅村くんのことを思い出してみる。

「でも、接客は上手ですよ」

「それは反論にならないよ。だって嫌われても客でしかないからね」

意表を突かれた。

「接客が上手な人間には二通りいるんだ。失敗も含めて他人と触れ合うことそのものを楽しめるタイプ。もうひとつ、関係構築に失敗してもダメージのない相手だからこそ思い切った言動ができるタイプ」

「浅村くんが後者だっていうんですか？」

「聞いているかぎりはそう見えるね。だって友だちが少ないんだろう」

「ぐ」

そ、それはそうかも。よく話に出てくる丸《まる》くん以外には親しい友だちが居るように見えなかった。そして、取り立てて増やそうともしていなかった。私自身もそうだから、あまり気にしたことがなかったけれど。

思い返してみれば、あの美人の読売《よみうり》先輩に対しても彼のほうから積極的に話しかけている場面を見ていない。もっぱら先輩のほうがからかっている。私には都合がよかったから深く考えたことがなかったけど。

「好きになった相手にはアプローチしたい。それは自然な成り行きだ。けれど、自分からアプローチするというのは、彼にとってはストレスなんじゃないかな」

「私に迫ることがストレス……」

「関係性を壊したくない相手に対して積極的な行動を取れないのが浅村悠太だ。だから君から迫ってくるという関係を変えたくない。たとえ君がそれによって浅村悠太過剰摂取になるとしても、だ。彼がイニシアチブを取れば彼には責任が発生する。コントロールせねばというメンタルが生じるはずだ。君に委ねているから彼は流される。でも、そのほうが今のふたりにとっては都合がいい。これは立派な共依存じゃないか？」

ううむ。

そんな考え方はしたことがなかった。まさに意表を突かれたといってもいい。

しかし、まさか一人で生きていく強さを求めていた自分が、共依存なんて状態に陥るなんて。愛情を求めたこと自体は間違っていなかったと思うし、浅村《あさむら》くんとの間に生まれた絆《きずな》は幸せなものだという確信はある。だけど渇望が満たされすぎてもまだ落とし穴があるなんて……人間関係はどうしてこうもうまくいかないのだろう。

「どうすればいいですか？」

「何度も言うが、本当に困ったら専門家を頼れ。その上で言わせてもらうならば、だ」

工藤《くどう》准教授はソファから立ち上がった。

そのままテーブルを回り込むようにして——暗殺者のような手際で私の背後を取ると、工藤准教授はソファの背に手をついた。背中に気配を感じる。ポケットから取り出した手を私の顔の前にもってきた。何かを持っている。

手鏡だった。

倫理学には必要ない白衣を着ているだけじゃなくて、そのポケットに携帯やら手鏡やらまで持ち歩いてるのか。

やっぱり変な人だ、この人。

小さな手鏡には私の目許《めもと》しか映っていない。

「よく見たまえ」

鏡の中の綾瀬沙季《あやせさき》が私を見つめていた。

「ひどい隈《くま》ができているぞ」

う……。

目の下に薄化粧では隠しきれない隈が居座っている。

こうしてみるとはっきりとわかってしまう。これは、その。夜遅くまで毎日、受験勉強してて……。

「寝ろ。まずたっぷり寝ろ。他のことはぜんぶそのあとだ」

「は……い」

工藤暗殺者はテーブルをふたたび回って工藤准教授に戻った。空っぽになったカップを見つめ、哀《かな》しそうな顔をしてから、ポテチを摘《つ》まんだ。ぱりっとかみ砕く。

「ううむ。やはり開封直後よりは湿気《しけ》ってるな」

そんなどうでもいいことを言ってから、まるでポテチの感想を付け足すように言う。

「そして起きたら浅村悠太《ゆうた》と話し合え。お互いの関係性における適切な距離を見直すんだ。

必要ならば親も交えてね。そして解決できそうもなかったら――」

「専門家を頼れ、ですね」

「そういうことだ。まあ、すべては寝て、起きてからだ」

と、そこで言葉を打ち切った。最後に頑張れとか足さないところがこの先生らしい。

私はソファから立ち上がった。

窓の外を見ると、もう薄暗くなっている。

「雨……降るかな」

「念のために、傘を貸しておこう」

「そんな。悪いです。すぐに帰れば降られずに済みそうですし、借りても簡単に返せないですし」

「読売《よみうり》君に預けてくれればいいよ。バイト先、同じなんだからね。ここで風邪をひいて、さらに事態を悪化させたいかい？」

「う……お借りしておきます」

大学を出たところで母からＬＩＮＥの通知が入ってきた。

太一《たいち》お義父《とう》さんが急な会議が入ったので、私に夕食の支度を任せたいという連絡だった。

了解とだけ打って返して、私は帰り道の経路にスーパーを加える。

雨は降らなかった。

マンションに着いたときにはもう夕暮れも終わりかけていて、部屋に戻ると、着替えもそこそこに私はベッドに横たわった。

天井を見つめながら今日の出来事を思い返しているうちにいつの間にか寝ていた。

目が覚めると、もうバイトから浅村《あさむら》くんが返ってくる時刻で。

私は大慌てでキッチンへと駆け込んだ。

ぐっすり寝たからか頭のなかの霧がすこしだけ晴れた気分だった。

「もうすぐで……一年、になるでしょ」

夕食中に、私はそう言って話を切り出した。

浅村くんはすぐに、私とお母さんがこの家にやってきてからの時間だとわかってくれた。

出会ったときのことをふたりで懐かしむ。

そうしたら彼のほうから先に打ち明け話を始められてしまった。3年になってから彼もまた集中が欠けてしまってること、そのために成績が下がってしまったこと、それを共有して話し合おうとしなかったことを悔いていること。

「同じだった。私も」

彼の話を聞き終えてから私は言った。

すり合わせを怖がっていたことも同じだ。

そして私は今日、思い切って放課後に月《つき》ノ宮《みや》女子大学にまで行って、最近の自らの不調について工藤《くどう》准教授に相談してきたことを告白した。

「私が聞いてきたことを浅村《あさむら》くんにも聞いてほしい。それで一緒に考えてほしい」

そう言って、工藤准教授との会話を語った。

長い長い話になったけれど、浅村くんは辛抱強く聞いてくれた。

話し終えると、ふたりともに口をつぐむ。

しばらくお互いに考えを巡らせ……浅村くんのほうから先に口を開いた。

「耳が痛いな……」

「えっ」

「関係性を壊したくない相手に対して積極的な行動を取れないのが浅村悠太《ゆうた》ってところ」

「あ、ご、ごめん」

工藤准教授の語ったことをそのまま言ったのだけれど、考えてみれば失礼な言葉だ。

「いや、謝らなくていいよ。その通りだから」

「そう、なの？」

「俺は相手が自分のことを好きでいつづけてくれることに自信がないんだ」

浅村くんは俯《うつむ》きながらそう言った。

「それは……お母さんのことがあるから？」

「たぶんね。うっすらと覚えてるのは、あの人だって俺がものすごく幼かった頃は親父《おやじ》と仲が良かったってこと。それがいつの間にか親父の行動のひとつひとつに文句を言うようになっていった」

そうだったんだ……。

「でも、俺には親父が途中から態度を変えたようには見えなかった。だとしたら、親父はいったいどうすれば良かったんだ？　そう考えると、関係を壊したくない相手に対して、どうアプローチすればいいのかわからなくなった。それなら、いっそ深い関係なんて結ばないほうが楽だ」

「それは……でも、もったいないね。だって、丸《まる》くんとは仲良くできてるよね。それともいつかは壊れてしまうって思ってるの？」

「かもしれない」

絞り出すように言われて、私は胸が痛くなった。

「そんなの……」

「怖いんだと思う。嫌われるのが。壊れるくらいなら友人も恋人もいらない。たぶんそれが本音。だから、なるべく他人と距離を置きたいし、積極的な行動を取りたくない。でも、それが綾瀬《あやせ》さんの状態を悪くしているんだとしたら……どうしたらいいんだろう」

「落ち着いて、浅村《あさむら》くん」

私はテーブルの上で手を伸ばし、彼の手の上に自分の手を重ねた。そして、ぽんぽんと軽く彼の手の甲を叩《たた》く。

「むしろ、謝らなくちゃいけないのは私のほう」

「綾瀬さんが？」

「私もあなたと同じだと思う。行動が逆なだけで。相手との絆《きずな》に確信が持てないから、私は浅村くんにくっつきたがる」

「そうなんだ」

「私は押しすぎる。浅村くんは引きすぎる。でも、これって現象が逆なだけで、相手とのすり合わせを怠ってるってことじゃないかな」

「適切な距離感、か……なんだかシンガポールに行った頃とあまり変わってない気がするな」

私は首を横に振った。

そんなことはない。ないと思いたい。

「今から思うと2年生の頃って、私たちの関係はそれなりに安定していたと思う。それに、それから告白しあったことも私は後悔していない」

「それは俺もだ」

嬉《うれ》しいことを言ってくれた。私は心がすっと軽くなる。

「それで私たち、2月の終わりのシンガポール旅行のときに決めたよね。自然でいようって」

浅村くんが頷《うなず》いた。

「でも、3年になって私たちはクラスメイトになってしまった。嬉しかったんだけどね。私は始業式の日に、学校ではクラスメイトの範囲で付き合おうと言ってしまった」

そう、それがすべての始まりだった気がする。

「言い出したのは俺だ」

私は静かに首を左右に振る。

「ううん。深く考えずにOKしちゃった私も同じ。ねぇ、単なるクラスメイトなんかじゃないはずの私たちがクラスメイトとして振る舞うって、それって自然なことかな？」

「そう……だね。うん。不自然かもしれないな」

しかし、じゃあ、どうすればいい？　となるとこれが難しい。

こうしてゆっくりと見つめ直してみるとわかる。

そもそも、私も浅村《あさむら》くんも「学友同士の自然な付き合いとはどういうものなのか」を、すり合わせてこなかった。

結果として、私たちは学校内では実に奇妙な振る舞いをするに至っている。

目も合わせず。

口もきかず。

いやそれはもう嫌っている生徒同士の行動じゃないか？

不自然すぎる。

「私たち、おはようとさようならの挨拶さえ、この2か月してこなかったんだよね」

「言わないでくれ。その不自然さに俺もようやく気づいたところだよ」

「そして、家ではお母さんや太一《たいち》お義父《とう》さんがいるとわかっているにもかかわらず、キスしたりハグしたり抱き合ったまま寝ちゃったり……これって自然？」

浅村くんはついに机に突っ伏してしまった。気持ちはわかる。私だって、いますぐ同じように枕に顔を埋《うず》めてじたばたしたい気分だ。

がばっと浅村くんが顔をあげた。

びくっと私は思わず身をすくめる。

けど、浅村くんは別に私を驚かそうとしたわけじゃなかった。

「参ったな……」

ぽつりと言う。

「俺たち、かなり変な行動をしてたんじゃないか？」

「だと思う。気づいてなかったけど」

「だよね。気づいてなかったけど。でもじゃあどうやって俺たちの関係を修正していけばいいんだろう？」

「私に一個アイデアがあるの」

この半年ばかりのことを振り返ってしゃべっていたら、私はひとつ思いついた。

「『兄《にい》さん』って、私が呼んだときのことを覚えてる？」

そう言ったら、浅村くんはすこしだけ目を伏せた。その表情を見て私も心臓に小さな棘《とげ》を刺されたような痛みが走る。

「ああ。ええと、昨年の……夏だっけ」

苦しそうに言った。

「そう……プールに行った後だったから夏」

私は、彼への恋心を封じる為《ため》に、彼を兄と強く意識したくて敢《あ》えてそう呼んだのだった。

その結果は——。

「あれは結局のところ逆効果だった。かえってあなたのことを意識してしまったもの」

「なるほど。綾瀬《あやせ》さんにとっては俺がスマホだったのか」

「え？」

何を言ってるのかわからなかったけど、浅村《あさむら》くんはスマホを使ったある実験について教えてくれた。

スマホが手の届く距離にあればあるほど意識がそちらに引っ張られてしまうという実験らしかった。見えているものを意識しないようにするためには人間の脳は大きなパワーを使ってしまうと。

目の前にいる好きな相手をわざと恋人対象から外そうとすることが返って意識することに繋《つな》がっていた、ということだろうか。

「そういうことだと思う」

「でも、それなら呼び方ってそれくらい人間の意識を左右するものだってことだよね」

そう言うと、浅村くんはすぐに頷《うなず》いた。

「適切な距離が欲しければ、適切な呼び方を選ぶ必要があるってことだね」

「うん。『兄《にい》さん』だと、私の頭は『決して好きになってはいけない人』って翻訳されるみたい。でも、あのときには私はもうあなたを好きになっていた。だから苦しかった」

「いい呼び方じゃなかったわけだ」

　私は頷いた。

「いま問題になってるのは、大きくふたつだと思う。学校にいるときのお互いの不自然なまでの距離の遠さ。そして家にいるときの不自然なまでの距離の近さ」

「どっちも厄介だね」

「私たちが共依存の関係になってしまっているかどうか判断するのは、まず適切な距離感を取ろうとしてみてからでも遅くないって思ったの」

　浅村くんが頷いた。

「ねぇ、恋人同士ってお互いにどう呼ぶかな？」

「それは……その人たちによるんじゃないかな。まあ、名前呼びが多いとは思う」

　こういう、すぐに理屈をこねたがるところが彼らしいなって思う。ただそうやって理屈を語りだすと、浅村くんからはそれまでのような、どこか迷っている様子が消えるのだった。

　なぜならと、浅村くんは自分なりの理由を語りだした。

「名前呼びって、相手を独立した自我のある個体として認識してます、っていう表明になるからだと思う。苗字《みょうじ》は所属している血縁集団を差す言葉だけれど、名前は個体の識別名だから。恋愛は家に対して発生するものじゃなくて個人に対して行われるものだからさ」

「そう、だね」

少なくとも現代日本ではそうだ。家に嫁ぐわけじゃない。もちろん、これは理想的にはそうあるべきだっていう話だ。

そして私も浅村《あさむら》くんの意見には同意できる。冬に浅村くんの実家を訪れたときに感じたのだ。ああ、ここにいる人たちはみんな「浅村」なんだなって。だから「浅村くん」って呼んだら、一斉に振り返るんだろうなって。

浅村はいっぱいいる。

でも、私が適切な距離感で付き合いたいのは浅村悠太《ゆうた》だった。

「だとしたら、恋人らしく自然に、は『浅村くん』じゃなくて『ゆ……』ええと、『悠太くん』となるはず」

「俺だったら、『沙季《さき》さん』か」

今までに何度か呼ばれたことがあったのに、沙季、という名前が彼の口から零《こぼ》れた途端に私の心がふわっと軽くなり温かくなる。彼に名前で呼ばれるだけでこんなにも――。

先ほどまでの気分はどこへやら私の両頬《りょうほお》は弛《ゆる》みまくっていたと思う。

こほん、とひとつ空咳《からせき》をしてから言う。

「学校では距離を縮めなくちゃいけないんだから、それを目指したらいいんじゃないかな。どうかな」

「そうだね。別に……学校にも女子を名前のほうで呼ぶ奴《やつ》はいるしね」

「えっ、そんな人いるの!?」

「いる……けど。そうか、気づいてなかったのか」

浅村くんに言われて、私は自分が如何《いか》に他人の言動に気を配ってないか改めて気づいてしまった。私は、自分自身さえ律することができれば、周りはどうでもいいと思っていた節がある。

「そうだったんだ……。じゃあ、名前で呼べるチャンスを作らないと。いきなり明日から呼び方を変えたら、さすがにそれはそれで不自然だし」

「それについては俺のほうに考えがある」

今度は浅村くんがそんなことを言いだした。

「それって……」

「今回のことを振り返って、反省した。俺はできもしないのに、ぜんぶ自分ひとりで解決しようとしすぎる。もっと他人を頼るべきだってさ。綾瀬《あやせ》さんが大学の先生を頼ったようにね」

浅村《あさむら》くんはそう言って自嘲ぎみの笑みを零《こぼ》した。

「それは私も同じかな。鞄《かばん》の中にメモが残ってなかったらわざわざ調べてまで同じことをしたかは自信がないもの」

「俺だったら、そもそもメモを探そうとさえしてないかもしれない。でも、それじゃいけないと思った。こういうとき、頼れそうなやつに心あたりがある。彼に聞いてみようと思う。自然に女子を名前呼びする方法についてね」

「わかった。じゃあ、そっちはお願い。それで、残るのはこの家での振る舞いについてなんだけど……距離感をすこし遠ざけないといけないよね。じゃないと、私はこの家のなかでもっともっと浅村くんとのスキンシップを求めると思う。だから――」

私はひとつ息を吸った。

「兄《にい》さん。もういちど、あなたをそう呼ばせてほしい」

「それは……どうして？」

「『兄』とか『妹』って、立場に対する呼び方でしょ？　それは自分の立ち位置を客観化するのには役に立つと思うの。でも、ね」

この先が本題だ。

「それだけだと、私たちの一年を否定しているみたいに私には思える。そう考えてしまうこと自体が別のストレスになりそう」

「俺も同じかなぁ。あの頃の自分の気分を思い出すと、それはそれでストレスになりそうだよ。でも、じゃあどうするの」

「だから、名前呼びよりも遠くて、兄呼びよりも近い呼び方を考えたの」

どうか浅村くんがこの提案を受け入れてくれますように。

「『悠太《ゆうた》兄さん』で、どうかな」

私の提案に浅村くんはしばらく考えた末にゆっくりと頷《うなず》いた。

「わかった。でも、それだと俺のほうはどうしたらいいんだろう。工藤《くどう》先生の話だと、俺の問題点は、関係性を壊したくない相手に対して積極的な行動を取れないこと、だよね。つまりもっと主体的に君と付き合わなきゃいけないってことだから……いや、したくないって言ってるんじゃないけど」

「わかってる。でも私のほうが遠ざかれば、浅村くん——悠太兄さんはきっと適切な距離感を自分で判断して近づいてきてくれると思う。だから、だいじょうぶ」

「自信ないなぁ」

「練習あるのみ、でしょ。悠太兄《ゆうたにい》さん」

はあ、と浅村《あさむら》くんは溜息《ためいき》をついてから顔をあげた。やれやれと肩をすくめる。

「わかったよ。あや──沙季《さき》」

「う」

「え?」

「な、なんでもない」

沙季さんってくるかと思ってたら、いきなりの呼び捨てだったからびっくりしただけ。

とは言えず、私は曖昧に笑って誤魔化《ごまか》した。

心臓がどきどきしていた。

それから私たちは、夕食を再開したのだ。

互いに将来のなりたい姿について話をした。

就職なんてまだおぼろげにしかイメージできないけれど、まずは大学に向けて頑張ろうという結論になった。

そのためにも、心地《ここち》好くなりすぎてしまった過剰なスキンシップから、落ち着いた、もともと自分たちが理想としていた関係を目指していこう。
心も軽くなって、モヤモヤが晴れたような気がした。
私は明日から、学校では恋人に、家では妹になる。
新しい義妹《ぎまい》生活が始まるのだ。
よろしくね、悠太兄さん。

●6月7日（月曜日）　浅村悠太《あさむらゆうた》

6月7日という日は我が家――浅村家と旧綾瀬《あやせ》家にとって国民の祝日よりもよほど大事な、特別な日だ。もちろんこの日を特別に休日に設定してくれてる都合のいいカレンダーなどありはしないが、日常のルーティーンをずらしてまで、両親がこぞって顔を合わせる時間を作ろうとするぐらいには我が家にとっては一大事なのだった。

同居を開始して一年の記念日。

俺と親父《おやじ》の暮らす家に亜季子《あきこ》さんと、義理の妹となった綾瀬さんが引っ越してきたのがちょうど一年前の今日だ。

もっとも記念日だからといって何かが変わるわけもない。家族四人がそろいぶみという点を除けば、いつもと同じ朝である。目覚めて食卓で最初に見た綾瀬さんの顔は、洗顔もナチュラルメイクも終えて登校の準備万端だったし、亜季子さんの手による朝食も先週の月曜日と同じく美味《おい》しそうな和食だ。

焼き魚の香る食卓に着く。

隣には綾瀬さん。正面には親父。親父の隣に亜季子さん。

一家四人の定位置。そう、家族として自然なごくあたりまえの場所に存在しているだけ。

リラックスすることはあれど緊張したり心騒ぐような位置取りじゃない。

ここ最近の俺は綾瀬さんの存在を意識しすぎていた。

自分という存在が、彼女という存在の影響で自動的に変化してしまう曖昧な気体のように感じられて。どこか浮ついている感覚の中、地に足をつこうとしても宙を泳いでしまうふわふわした無重力感に苛まれていた。

けれど、もう大丈夫。

隣に綾瀬さんの存在を感じても、冷静でいられてる。思考も視界もクリアで、目の前の焼き鯖《さば》さえ青々と見える。

「しょうゆ、取ってもらってもいい？　――沙季《さき》」

「うん。はいどうぞ。――悠太兄《にい》さん」

まだかすかにタイムラグ。それでも先週と比べたらよっぽどスムーズにお互いのことを呼び合えた。

以前から両親の前では「兄さん」呼びだった綾瀬さんはともかくとして、俺の「沙季」呼びは最初だいぶぎこちなかったらしいが、何日もつづけてきてようやく板についてきたらしい。

親父にぷっと吹き出されることもなく、亜季子さんのうふふという笑みも、微笑《ほほえ》ましく思われているのがあきらかなものだった。

「ふたりとも去年より雰囲気がやわらかくなったわね。仲良くやれていそうでよかった」

「一年も経《た》てばね」

ほっとする亜季子《あきこ》さんに、なんでもないことのように綾瀬《あやせ》さんがさらりと言った。

ただ時間が解決しただけ、というにはあまりにも泥くさい、ゆるやかな変化を経て現在に至るのだけれど。あとになって振り返ってみれば、一年も経《た》てばね、のひと言に集約されるのだ。少なくとも、俺たちがごく最近まで適切な距離感の模索に足掻《あが》いていたことを知らない両親にとっては、そのまとめたひと言だけでじゅうぶんだ。

「でも、いまの環境で足りないことがあるなら遠慮せず言うんだよ。僕らにできるのは、良い環境を用意することだけなんだから」

「……定期テストの話？」

「ああ、まあ、その……。ふたりとも、今回は調子が悪かったみたいだし」

歯切れ悪く親父《おやじ》が言う。

話題に出すだけでも受験生のプレッシャーになるんじゃないかって、気を遣ってくれているんだろう。

「心配いらないよ。原因はわかってるんだ」

「そうなのかい？」

「うん。受験への意識とか新学期で新しい環境だったりとかで、ちょっと学校の定期試験に集中しきれてなかった。もちろんそれを言い訳にして現状で良しとは思ってないけどさ。原因がわかってれば、次で修正できる」

うそはついていない。

より正確に言えば、綾瀬さんとの関係のなかで共依存に陥りかけていたからこその集中力の欠如なのだが。それはまだ言えないし、言う必要もない。

「沙季《さき》とも、そう話してる」

「ん……。心配しないで、ふたりとも」

「そっか。ふたりがだいじょうぶと言うなら、信用するよ」

「うふふ、ほらね。言ったでしょう？」

しゅんと引き下がった親父の肩に触れながら亜季子さんが得意げに笑った。

どういうこと？

小学生みたいにいたずらっぽく言う。

と、俺と綾瀬さんが互いに顔を合わせ不思議がっていると、亜季子さんは告げ口をする
「太一《たいち》さんったらね、自分が無自覚になにか変なことしてストレスを与えちゃったんじゃ

ってずーっと心配してたね」

「あ、亜季子《あきこ》さん。それ言っちゃう？」

「いいじゃない、隠すような話でもないんだし。このあとする話にも関係あるんだもの」

「まあ……そうだね、うん。たしかにそのとおりだ」

このあとする話？

「ふたりの不調がもし私たち夫婦のせいだったら、と心配していたのよ。仕事で家を空《あ》ける日が多かったり、最近は当番の分担を多めに受け持つようにしたとはいえ家事や炊事に時間を使わせているのも事実だし。もしかしたらふつうの家庭はもっと勉強に集中できる環境を整えてるんじゃないかって」

「そんなこと――」

「ありません。ないです。絶対」

兄妹《きょうだい》ふたり、否定の言葉が重なった。

「いまでもじゅうぶん良くしてくれてますから。これ以上を求めたらばちが当たります」

「ふふ。ね、太一《たいち》さん？　ふたりはしっかりしているもの。だいじょうぶよ」

「はは。そっか。そうだよね。いやぁ、逆にふたりを信用してないみたいになっちゃってごめんよ」

綾瀬《あやせ》さんにフォローされ亜季子《あきこ》さんにたしなめられて、親父《おやじ》は気恥ずかしげに後頭部を掻《か》いた。

笑っているが、親父にとっては切実な問題だったんだろうって、俺にもなんとなく察せられた。

自分ではうまくやっているつもりだったのにふと気づいたときには壊れていた絆《きずな》。ただ家族を守るために目の前の仕事に全力で取り組んでいただけなのに、まるで自分がすべて悪いかのように責められて、関係が壊れてしまった記憶。

再婚を機にだいぶ薄まったそれは、だけど親父の心の深いところに消えない濁りとなり沈殿しているはずで。

だから家族の――俺や綾瀬さんの、かすかな不調や違和感までも、敏感に感じ取って気を揉《も》んでしまうんだ。

むしろこうしてすこしすり合わせただけで、すぐにホッとしたような顔になれる事実が、いまの親父がトラウマを乗り越えて幸福のなかにある証拠なんだと思う。

……あれ？　そういえば、本題はこれだったっけ。

亜季子さんはさっき、「このあとする話にも関係ある」と言っていた。

「えっと、心配してたのはわかったけど……話って？」

「ああ、そうそう。それなんだけどね」

俺が訊《き》くと、親父は前のめりで言った。

「次の週末、土日を使って旅行に行こうと思うんだ」

「えっ。四人で？」

「いや。えーっと、ごめんよ。四人での旅行も行きたいんだけど、今回は……」

「お母さんとふたりで。結婚記念日ですもんね」

言いづらそうにしている親父の姿にくすりと苦笑し、綾瀬さんが助け船を出した。

ああ、なるほど。

この家族が完成して一年が経《た》ったということは、同時に、浅村太一《あさむらたいち》、綾瀬亜季子の結婚生活もちょうど一年目を迎えたということでもある。

「すこし遅れての記念日のお祝いだけれど。こういう日は大事にしたくって。でも、悠太《ゆうた》くんと沙季《さき》が勉強で悩んだりしてるタイミングでこんな話をしたら無神経じゃないかなって、太一さん、すごく気にしていたのよ」

「ああ、それで関係する話って……。なんだ親父、気遣いとかできたんだ」

「悠太、もしかして父親のこと馬鹿にしてる？」

「むしろ神経の太さを尊敬してたんだよ」

「うわ、なんて言いぐさだ。聞いたかい、亜季子《あきこ》さん。悠太《ゆうた》ときたらいつもこうだ！」

「うふふ」

距離が近しいからこその息子のいじりと、あえてわざとらしく大げさに不満を訴える父。その光景に母がぷっと吹き出して、妹がやれやれと苦笑する。

好きだな、この家族の光景。

ごく自然に、そんな感想が浮かんだ。

それはきっと綾瀬《あやせ》さんも同じなんだろう、ふと隣を見たときに目が合った彼女は穏やかに微笑《ほほえ》んでいて。そして、両親の申し出に対する返事も同じなんだと確信できた。どちらからともなく、いいよ、ふたりで旅行を楽しんでおいで、と言っていた。

考えてみればこの一年間は、俺たち——子どもたちのことを気遣わせつづけた一年間だ。夫婦だけの時間をゆっくり過ごせるチャンスは少なかったように思える。共働きで、ふだん生活時間が合わない夫婦だからこそ、毎年の記念日ぐらいは水入らずで楽しんでもらいたい。

それこそが、俺と綾瀬さんの、両親に対するうそ偽りない気持ちだった。

「ありがとう。それじゃあ、遠慮なく羽を伸ばしてくるわね」

亜季子さんはそう言って微笑んだ。

幸せそうな夫婦の顔を見て、俺も、そしてきっと綾瀬さんも、自分たちは正しい言葉を投げかけることができたんだと確信できた。——亜季子さんの、次の言葉を聞くまでは。

「土日はふたりだけになっちゃうけれど、戸締まりには気をつけてね。まとまったお金を置いていくから、好きに使ってちょうだい。お料理を作る時間が取れなかったら外食してもいいし、自炊してもいいし。お小遣いにしちゃってもいいから」

えっ、という声は俺と綾瀬さん、どちらの口から出たものか俺にもわからなかった。

たぶん、両方の口から同時に出たんじゃなかろうか。

両親のいない週末。

これまでも両親の気配がない夜は何度もあったけど、絶対に帰ってこない日はほとんどなかった。

ごくりと喉が鳴る。

学校ではもっと近くに、家のなかではもうすこし距離を置いて。

適切な距離を探ることで新しい義妹《ぎまい》生活、恋人のような兄妹《きょうだい》生活の第一歩を踏み出せた俺たちにとって、もしかしたらそれは最初の試練になるのかもしれない。

あとがき

小説版「義妹生活《ぎまいせいかつ》」第8巻を購入いただきありがとうございます。YouTube版の原作&小説版作者の三河《みかわ》ご一すとです。生い立ちからどこか満たされない愛情の飢えを無自覚に感じてきたふたりが、義理の兄妹《きょうだい》となり心を通わせていく中で恋をしながらお互いに成長していく物語。いよいよ出会ってから一年が経過しました。ふたりの周りの景色は去年とどこか似ているけれど、ハッキリと変わっていて……という内容になっています。

本作はいわゆる恋愛物語とは異なり、恋愛生活小説と謳《うた》わせていただいているのですが、その意味するところは悠太《ゆうた》と沙季《さき》、ふたりの人生に深くフォーカスするぞ、ということでして。人生は一年の時が経《た》てばガラリと景色が変わり、人間関係も微《かす》かながら確実に変化しているものです。当然のことながら悠太と沙季を取り巻く環境もちょっとずつ変化し、去年とはまた違った物語が彼らを待ち受けています。

この巻数まで来て学年も上がると作品の完結を心配する声もちらほら聞こえてきます。たしかに「高校生の恋愛物語」としては着実にステップを踏み、終わりが見えてきてもおかしくない地点まで来ているでしょう。ですが、本作は恋愛生活小説。ふたりの人生こそが描かれるべきことで、彼らが人生における何らかの欠落を埋めきり、これ以上の成長も変化も訪れないだろう段階までいかなければ完結はあり得ません。それにはまだまだ多くの人生におけるステップが必要です。

長い長い物語になるかと思いますが、読者の皆様には是非、悠太と沙季の人生を最後まで見届けてほしいです。

それでは、謝辞です。イラストのHitenさんをはじめ、声優の中島由貴《なかしまゆき》さん、天﨑滉平《あまさきこうへい》さん、鈴木愛唯《すずきあゆ》さん、濱野大輝《はまのだいき》さん、鈴木《すずき》みのりさん、動画版のディレクターの落合祐輔《おちあいゆうすけ》さんをはじめYouTube版のスタッフの皆さん、担当編集のOさん、漫画家の奏《かなで》ユミカさん、すべての関係者の皆さん、そして読者の皆さん。いつもありがとうございます。

以上、三河ごーすとでした。

両親のいない、「完全に二人きりの二日間」を
過ごすことになった悠太と沙季。
二人は本当に適切な距離を保てるのか？
あるいは覚悟を決めて一線を越えるのか？
二人の理性と感情がせめぎ合う。
友情と青春と
新たな出会いの先に
※2023年4月時点の情報です。
2023年夏発売予定。

〝兄妹〟の夏を
謳歌する、
留守番と停電、学校のイベント、
友達の青春と応援、新人バイト
〝後輩ちゃん〟との交流。
恋愛
生活小説
第9弾。
容赦なく吹きつける〝新しい風〟に、
二人は望む安寧を維持できるのか、
それとも――？
『義妹生活』第9巻

MF文庫J

義妹生活 8

2023年4月25日　初版発行

著者　三河ごーすと

発行者　山下直久

発行　株式会社 KADOKAWA
〒102-8177 東京都千代田区富士見2-13-3
0570-002-301（ナビダイヤル）

印刷　株式会社広済堂ネクスト

製本　株式会社広済堂ネクスト

Printed in Japan　ISBN 978-4-04-682404-2 C0193

●お問い合わせ
https://www.kadokawa.co.jp/（「お問い合わせ」へお進みください）
※内容によっては、お答えできない場合があります。
※サポートは日本国内のみとさせていただきます。
※Japanese text only

◇◇◇

【 ファンレター、作品のご感想をお待ちしています 】
〒102-0071 東京都千代田区富士見2-13-12
株式会社KADOKAWA　MF文庫J編集部気付「三河ごーすと先生」係「Hiten先生」係